プラチナ文庫

Platinum Label

檻の中で愛が降る
～命がけの恋～

あすま理彩

"Ori no Naka de Ai ga Furu ~Inochigake no Koi~"
presented by Risai Asuma

プランタン出版

イラスト／小山田あみ

目次

宵闇の章 7
花闇の章 107
花宵の章 231
あとがき 278

※本作品の内容はすべてフィクションです。

宵闇の章

「梓《あずさ》さま、お帰りなさいませ」

車が止まった音を聞きつけ、執事《しつじ》が玄関の扉の前で待つ。

雪下侯爵家《ゆきしたこうしゃくけ》の邸宅は、外観は瀟洒《しょうしゃ》な洋風建築だ。中庭には、藤の花びらが雪のように降り積もる。晩春から初夏に季節が移ろうとする今、雪下家の中庭は、藤の花が満開に咲き誇っている。

侯爵家の子息である梓の学校への送り迎えは、下男《げなん》である中原耕介《なかはらこうすけ》の役目だ。下男。その言葉を、華族である自分たちの仲間は、卑《いや》しい育ちの者を軽蔑《けいべつ》するように使う。

梓自身も中原が…苦手だった。

「どうぞ」

寡黙《かもく》な印象そのままに、中原はそうとだけ言うと、後部座席の扉を開けた。

「…ああ」

短く、雪下梓は答えた。

花びらを踏みしめながら、梓は車から降り立つ。

降りしきる花のような美しい面差し、黒い上着が映える雪のような白い肌、紅い口唇…。

学校から帰ったばかりの梓を、長年雪下家に仕《つか》える老齢の執事は、眩《まぶ》しいものを見るように眺めた。

自然素材の薄い紫色の敷物の上に足を下ろせば、柔らかな感触が靴を包み込む。

一陣の風が吹き抜け、垂れ下がる藤の花穂《かすい》を揺らす。同時に、甘いくちなしの香りが鼻をくすぐった。

降り積もったばかりの柔らかな花びらに足を取られ、梓の身体が傾《かし》ぐ。

「梓さま…っ」

執事が悲鳴を上げるよりも早く、梓の身体を中原が抱きとめる。

逞《たくま》しい体軀《たいく》に、梓の身体が吸い込まれていく。

抱き締められる――。

（……っ）

くちなしの香りに混ざって、男の体臭が梓を包み込む。

しっかりと腰に回された腕は力強く、自分とは一回りも二回りも太さが違うのが分かる。

梓の美しい双眸《そうぼう》が歪《ゆが》む。

白磁《はくじ》のようなうなじがうっすらと紅を刷《は》く様《さま》に、中原の強い眼光が突き刺さる。

繊細《せんさい》で、どこか中性的な印象を与える自分の美貌《びぼう》が、梓はあまり好きではない。

反対に、…この男は。

――中原。

整った鼻梁《びりょう》、一本気を思わせる真っ直ぐな濃い眉、荒々しい男性的な体軀、野性的な印象は、男ならば羨望《せんぼう》を抱かずにはいられない。

自分の憧《あこが》れるものを下男でありながら持つ、中原。

一つ年下のくせに、あっという間に自分の背を、追い抜いて…。

今では自分を抱きとめて、びくともしないほどにその体格差は、開いている。

自分を敬《うやま》うべき奉公人ですら、中原のほうに一目置いている気配を見せる。年の近い自分と中原は、好敵手として常に比較の目に晒《さら》されている。

本来なら、比較されるべき立場ではない。

けれど中原は優秀で。だから。

…彼は自分の劣等感を煽《あお》るのだ。

苦手だ。この男が酷く、自分は。

「大丈夫ですか?」

中原が訊《き》く
「離しなさい。梓さま、中原がご無礼を…」

下男や女中を取りまとめ、教育する立場である執事は慌《あわ》てて、ポーチを下りてくる。

主人の身体に直接触れるなんて、無礼な真似を。そう言うかのように。

執事に叱《しか》りつけられて、中原はすぐに梓の体軀から腕を離した。

「申し訳ありません、…梓さま」

「いや」

体勢を整えながら、短く答えた。

凜《りん》と、前を向く。

「どうか中へ。まだ外は寒うございます。中原、お前は車を戻していらっしゃい」

執事が梓に向けるのは、過保護なほどに細やかな心遣《こころづか》いだ。

背後で車に戻る中原の気配を感じながら、梓が彼を振り返ることはなかった。決して。

「父は?」

「それが…」

玄関のホールを通り応接室を抜ける。すぐ横の書斎《しょさい》に挨拶《あいさつ》に向おうとすると、執事に止められる。

「まだ、欧羅巴《ヨーロッパ》の商船を買いつける話がまとまらないらしく、本日はお帰りになれないと」

侯爵という身分であり、地代や株式配当などで収入があるにもかかわらず梓の父は商業に精力的だった。資本主義の進展で力を得てきた実業家だった。貿易商に出資し、現在はその所有者であり顧問《こもん》に納まっている。忙しさに身体を心配していた母も、今はいない。

「…そう」

梓は上着を執事に手渡すと、応接室に戻る。

上着を脱げば、糊《のり》の効いた真っ白なシャツに包まれた体軀が現れる。その腰つきは折れそうなほどに細い。

洋風の応接室の長椅子に座れば、すぐに女中が珈琲《コーヒー》を持ってきた。

天鵞絨《ビロード》でできたカーテン、独逸《ドイツ》製の硝子《ガラス》のランプ、波斯絨毯《ペルシヤじゆうたん》、そして金の振り子の下がった柱時計…。

それら一流の品々に、梓は囲まれて育った。だが一級の品であっても、中央に梓が存在すれば、それらは色褪《いろあ》せて見える。庭の藤の花のような色香を、梓は漂《ただよ》わせていた。

侯爵家の珠玉《しゆぎよく》、そう噂《うわさ》されてもいる美貌に、梓本人は興味はなかったが。

「お帰りにはなれませんが、先日宮内大臣元成《もとしげ》子爵が梓さまを褒《ほ》めてらしたこと、侯爵様はとてもお喜びでしたよ。梓さまが浅草《あさくさ》の書籍館《しよじやくかん》にも足繁く通われ、国政を担《にな》う貴族の役割を率先して示す就学の姿勢に、貴族会館での貴族院集会にも、その内参加してみてはどうかと子爵も推薦されていたそうで」

「父が？」

梓は顔を綻《ほころ》ばせた。

滅多《めった》に自分を褒めることのない父が、自分を褒めてくれるなんて。

カップを傾けながら外を見やれば、丁度《ちょうど》車を戻した中原が、中庭を横切るのが見えた。

中原に気付いた執事が、思い出したように言った。

「幼い頃は、お父様を困らせたこともある梓さまが、よくご立派になったと。とてもご満足そうでした」

「それは…」

手描きの絵のつけられたカップを、口に運ぶ指先の動きが止まる。

微《かす》かな動揺が走った。

思い出せば、苦い気持ちが咽喉《のど》に込み上げる。執事が言う、幼い頃に梓が父を困らせたこと、それは、わざと困らせようとしたわけではなかった。ただ結果として、そう取られてしまったけれど。

「梓さま、こちらの本が昨日届いたそうです。ご自分で梓さまにお渡しすることはできないので、こちらを届けるようにと、おっしゃっていたそうです」

執事が差し出す手には、入手困難な洋書がある。

洋書。それは、苦《にが》い記憶を、梓に思い出させる。

貴族の子息として、幼い頃から自分には充分な教育がなされた。

帝王学、ヴァイオリン、乗馬、軍制学、法律、そして英語、など…。

これからの仕事には英語が必要になってくると、父は小さい頃から梓に家庭教師をつけて勉強をさせていた。けれど慣れない言葉に、幼かった梓はなかなか馴染《なじ》むことができなかった。どうしても覚えることのできない言葉に癇癪《かんしゃく》を起こし、窓から放り投げた本を、中原が拾った。

たまたま帰ってきていた父に、中原は本を届けた。ためしに父が中原に内容を尋ねてみると、中原は完璧《かんぺき》にそらんじてみせたのだ。

その時の驚きは、梓のほうが父以上だったかもしれない。

長テーブルの上に置かれた本を、梓は見つめた。

(……)

執事が差し出した洋書は、二冊ある。自分のものと、…中原のものだ。

黒い珈琲の味が、いつもよりも苦く、梓の咽喉を過ぎる。

貴族の子息として、充分な教育が自分には与えられている。なのに、家庭教師をつけてみっちり勉強していたわけでもない中原のほうが、きちんと覚えていたなんて。

それは幼いながらに梓の心を傷つけた。

『本を投げるなんて』、と叱る父に『興味がなかったからだ』、と答えたものの。

努力していないような姿勢を見せてはいたけれど、梓は、…誰よりも本当は、影で努力していたから。努力していても敵《かな》わない相手がいるのだということを、その時、梓は知ったのだ。初めての挫折《ざせつ》を味わわされた相手が、中原だった。

あれ以来、周囲の中原を見る目つきが変わった。父も、単なる下男ではなく仕事をしながら学校へ通う書生《しょせい》へと引き立ててはどうか、と洩らすようになった。

そして今、中原は書生として父の仕事を主に手伝っている。

けれど、梓の学校への送り迎えなど、下男としての仕事を未だ、続けている。だから、華族仲間である梓の友人たちは、中原を下男としか思わないようだ。

「中原だけですね。書生の中でも音《ね》を上げなかったのは」

感心したような執事の声に、は…っと梓は我に返る。

執事が梓のカップに珈琲を注ぐ。

いつの間にか、カップは空になっていた。

「旦那様《だんな》はご立派な方です。優秀な下男を私財で学校に行かせてやって。けれど、期待に応えることができたのは、中原くらいではありませんか？」

「…そうか？」

他人が中原のことを褒めれば、梓の目は意識せずに険《けわ》しくなる。

働きながら学校へ行く書生という身分は、仕事を持つ分、その毎日はきつい。

「どうやら実家の軽井沢に多くの弟や妹を残してきたらしくて、お給料もほとんど仕送りに回しているそうですよ」

梓の中原に対する態度に気付いているのかいないのか、執事は中原の仕事振りは認めているようだった。奉公人《ほうこうにん》仲間も、中原のことは一目置いている。

ただ勉学に集中していればいい自分と、家族の生計を担って働きに出ながら勉強に励む中原。

九から奉公に上がり、身を粉《こ》にして働く中原。

彼の背負うものの大きさは、自分とは比べものにならない。あまつさえ、彼は仕事における才覚もあるらしい。最新鋭の船を駆使《くし》し、輸入する商品の選定、目利《めき》きに優《すぐ》れているらしいと、梓は聞いていた。

彼の存在は、梓に卑屈《ひくつ》な気持ちを味わわせる。

梓は、子供の頃から父に叱られてばかりだったから。

父の関心が中原にあるような気がして、少しでも父の、…気を引きたくて。

子供ながらの短絡的《たんらく》な思考そのままに、父の好きだった柿《かき》を取りに行って…梓は木から落ちたことがある。

梓が寝台に横たわる部屋の外から、父が『自分を困らせるどうしようもない子』と、女中に洩らしているのが聞こえた。溜め息をつく父の様子に、父に喜んで欲しかったから木に登ったのだと、梓は言えなかった。

いつも行動が裏目に出てしまう。いつも言葉が足りなくて。そして梓は上手く伝えることができず傷つき、悲しむだけだ。

そんな梓の本質を、たった一人の身内である父すら気付かない。言葉を尽くしても自分の意図や思いやりが、真っ直ぐに伝わるわけではない。

木から落ちた後、木の根元で挫《くじ》いた足を押さえながら、日が沈み薄暗くなる景色は、本当に心細かった。内緒で柿を取ってきて喜ばせようというのが動機だったから、梓は誰にも告げず、供もつけずに外出していた。

たった一人で痛む足をさすりながら、哀《かな》しくて寂しくて、…満足に何一つできない自分が惨《みじ》めで、眦《まなじり》に滲《にじ》む涙を拭いながら嗚咽《おえつ》を洩らしていた時。

暗闇でみっともなく泣いていた自分を見つけてくれたのは、中原だった。

今でも自分はその時のことを、鮮明《せんめい》に思い出すことができる。

暗くて怖くて、心細くて、死んでしまうかもしれないと思う中、現れた中原は誰よりも、何よりも、頼もしく見えた。

「もう、大丈夫ですよ」

そう言って差し伸べられた掌。

…嬉しかった。心が震《ふる》えるほどに。

それと同時に、泣いているところなど、見られたくはなかった。

特に、中原にだけは。

下男でありながら自分よりもずっと、多分、優秀な、彼に。

深くなる夜に泣いていた自分とは反対に、中原はたった一人で、暗闇を歩き、梓を探しに来たのだ。

度胸も勇気も、自分とは…違う。

自分よりも一つ下の、彼と同じ年の別の奉公人と比べてみても、中原は大人びた落ち着きと風格を、漂わせていた。年相応に振る舞う他の奉公人が、酷《ひど》く子供っぽく見えるほどに。

(僕だけだ。勝手に彼に競争心を燃え立たせているのは)

彼に、相手にもされてはいない。

努力しても敵わない現状は、どうしようもない。

挫折《ざせつ》感の中、身動きがとれない。

自分で自分の自信を失わせ、落ち込み、自ら自縛《じばく》する。

だから、…梓は彼に助けてもらった礼を、告げることはできなかった。自分の態度はどんなにか傲慢《ごうまん》に、中原の目に映っただろうか。

けれど、中原は一言も、梓の非礼を非難したりはしなかった。最初から諦《あきら》めていたのかもしれない。

だが、自分の取った態度は、彼の主人としても褒められたものではない。

「中原のこの後の予定は?」

彼のことが気になっている。思わず、こうして訊《たず》ねてしまうほどに。

彼はどう思っているのだろうか、今の自分の立場を。実力がありながら、金がないせいで、自分よりも実力の劣る主人に、仕える現状を。

力のある野心家は、爵位《しゃくい》さえも金で買える。

金が、あれば。

自分の存在など、覆《くつがえ》されてしまうかもしれない。

「今日もこれから、頼まれたお仕事を手伝われるそうですよ。夜遅くまでよく働きますね」

「そんなの、父に取り入ろうとしているからに決まっている」

言った後、梓ははっと口を噤《つぐ》んだ。

「すまない。…忘れてくれ」

彼の能力に、嫉妬《しっと》しているのだとは、思われたくはなかった。

実力主義を父は採用している。身分は低くても、結果を出せば高い給金を与えられる。

そんな職場環境は、他ではそうそうない。井戸の水を汲《く》む係や、薪《まき》を割る係もあるのに、父はもっと上の、侯爵家の子息である梓の車での送り迎えの役目を中原に与えている。

(侯爵家に仕えるのも、その裏にある貿易商社雪下商会、それを狙ってのことだろうか？)

たまに、そう思うことがある。

権力と出世欲、自己顕示欲《じこけんじよく》に溢《あふ》れる人間は、身分で勝てない代わりに、仕事で自分を認めさせようとする。

それと、金銭欲だ。

優秀でもない主人に彼が黙って仕えているのは、…金のためか。そうでなければ、彼が自分に仕える理由などない。

「そうですか？　その割に、謙虚《けんきょ》ですけれど」

執事が言いかけた時、入り口に大きな影が差した。

「…郵便物をお持ちいたしました」

中原だった。

「こちらは旦那様に言いつかりましたので、預らせていただいてよろしいでしょうか？」

数ある封書の中から一通を選ぶと、執事に確認をさせてから手に取り上げる。

郵便は十王銀行からのものらしかった。仕事上大切そうな取引書類、それを任されるほどに、信頼されている。資産の運用先は国債など比較的安定したものの割合を増やした方がいいのではと、進言もしているらしい。

自分とは、違う。一歩先を、中原は歩んでいる。

「それでは、失礼いたします」

中原は慇懃《いんぎん》に頭を下げると、応接室を出ようとする。頭を深く下げていても逞しい体軀、広い肩幅、…それらは堂々として目を引く。

中原の容姿に比べて、肉のつかない自分の身体を思えば、恨めしい気持ちにすらなる。

「梓さま」

「何だ？」

去り際、中原は念を押すように告げる。

「明日の晩は、旦那様の代わりに望月伯爵《もちづきはくしやく》の催《もよお》される会合に、ご出席されるよう言いつかっておりますが、ご都合《つごう》はよろしいでしょうか？」

「覚えている」

そんなことを忘れるくらい頼りないとでも、思われているのだろうか。

不快さを滲ませたまま、梓はそれ以上、中原に声を掛けようとはしない。

「…それでは」

忠実に職務をこなすと、中原は今度こそ応接室を出て行く。

中原の視線が逸《そ》らされてから、梓は彼の背を見つめる。

広い背だった。

木から落ちた自分を、幼いながら背負って屋敷まで連れ戻した時の中原の背中。

それも頼もしく思ったものだけれど、今のほうがずっと広く逞しく、成長していた。厳《いかめ》しい顔つき、整った鼻梁も、野性的でしなやかな獣《けもの》のような男らしさに溢れている。帝都で暮らす年月が彼を変えたのか、野性的でありながら、野暮《やぼ》で粗野《そや》な雰囲気はなく、洗練《せんれん》された大人の男の顔つきになっていた。

侯爵の子息として珠《たま》を磨《みが》くように大切にされてきた自分と、奉公に上がり下男として働

く中原…、身分が違いすぎる彼のことなど、最初から捨て置いてもいいはずなのに、なぜか、意識させられる。

——昔は、背もそれほど変わらなかったのに。

中原が初めて雪下侯爵家に奉公に上がった時のことを、梓は思い出す。


中原が両親に連れられて奉公に上がったのは、彼が九、梓が一〇の時だ。

よくある貧しい農村の口減らし。

時は晩春。軽井沢から出てきたばかりだという中原は、薄手のみすぼらしい着物を着ていた。擦《す》り切れた絣《かすり》の着物は、ところどころ当て布をして繕《つくろ》われていた。

早速、彼が下男として与えられた仕事は、屋敷内の掃除だった。

降り積もる、…藤の花びら。

藤棚の下に立つ中原の仕事振りを、梓は見つめる。

花びらを集め中庭を掃《は》き清める彼に、縁側《えんがわ》の長廊下《ながろうか》からちらりと目を走らせると、彼は頬を赤らめながら気まずそうにさ…っと両方の袖を後ろに回し、ほつれた部分を隠した。

自分のみすぼらしい身なりを、隠そうとしていた。

中原は無骨で、寡黙な印象を与える少年だった。太い真っ直ぐな眉、男らしい顎《あご》の輪郭《りんかく》、少年らしくない太い腕。日に焼けた浅黒い肌と、逞しい体格は、農作業で鍛《きた》えたものなのか。

奉公人の名前など、梓は最初から覚えるつもりはなかった。

雪下侯爵家は常時、数十人を超える奉公人を抱える。奉公人たちが梓に媚《こび》を売ろうとするのは、少しでも侯爵である父の気に入りになろうとするためだ。子供ながらに奉公人たちの駆け引きを、梓は肌で感じていた。自分に親切にするのは、愛情があるためではない。

彼も、そのうち自分に媚を売るようになるのか…。

梓は冷ややかに彼の存在を眺《なが》めた。

だから、それきり彼のことを、梓は無視した。

当時も今も、自分は上品な仕立ての真っ白なシャツを着ている。中原とは違って。

そして予想に反して、中原は梓に媚を売ることはない。

梓は中原から確認を促《うなが》された、貴族の会合に出席していた。

送迎はもちろん、中原の役目だ。

「ようこそ、雪下さん」

執事ではなく、招待主である望月自身が梓を出迎えてくれる。自宅でありながら三つ揃《ぞろ》いをきちんと着こなした彼はとてつもなく優美で、同性でありながら、時折梓も見惚《みと》れることがある。

「このたびはご招待いただき、ありがとうございます」

雪下侯爵家に勝《まさ》るとも劣らない、豪奢《ごうしゃ》な客間に、梓は通される。広い客間を照らす橙《だいだい》色《いろ》の温かい光に、梓は出迎えられた。

頭上には舶来品《はくらいひん》の硝子の照明があり、飾り棚の上には翡翠《ひすい》の芯《しん》に丸い流麗な意匠の傘《かさ》を被ったランプがある。照明一つとっても、優美で贅《ぜい》が尽くされている。どれも贅沢《ぜいたく》な品ながら、成金的な感じはなく、持ち主の趣味の良さが窺《うかが》われた。

自分を招待してくれた望月伯爵だが、彼はたまにこうして、珍しい商品や列強各国の状況など、自分が知りえたことどもを披露しては、皆に勉強する機会を与えてくれている。知識を吸収できるこの場は、知識欲に溢れた人間にとっては、何よりも魅力的な場といえるだろう。

新しいものを独り占めするのではなく、人を啓蒙《けいもう》することができる望月を、梓は尊敬していた。

和蘭《オランダ》製のテーブルの周囲には既に、数人の貴族が着席している。

中には自分の同級生、小林《こばやし》の姿もあった。見知った人間の姿に、梓はほっと安堵《あんど》する。

香気のたつお茶とともに、見たこともない菓子や製品が、所狭しと並んでいた。

自分がこうして珍しい世界に触れる機会を持つ間、中原は自分の帰りを外で待つ。

「侯爵様はお忙しいようで、最近誘ってもなかなか顔を出してくださらないんですよ」

望月の扉を開ける仕草も、優雅で洗練されている。

「申し訳ありません。お誘いを断るなんて」

「いいえ、いいんですよ。たまにはお会いしましょうと伝えてください」

すまなそうに頭を下げる梓に、望月は優しい笑顔で返す。

有能でありながら、ちっとも鼻にかけたりしない。自分のような学生相手であっても馬鹿《ばか》にしたりはせず、一人の人間としての尊厳《そんげん》を持って接してくれる。

仕事での実績では、父よりも上かもしれない。

その結果を、望月は有能な片腕のお陰だと、言っていた。

一度、梓はその右腕ともいえる人物を見たことがあったが、とても美しい人で、同じ男性なのに思わず見惚れてしまいそうになったのを、覚えている。望月自身も相当な美丈夫《びじょうぶ》だが、秘書には望月とは違う魅力があった。美しいだけではなく、心から望月に尽くそうという気持ちに溢れているのを、梓は感じた。

優秀な人材を手に入れているだけではなく、心から自分のために尽くそうとさせる…。自分には、心から尽くそうという人間はいない。それは、望月伯爵ほどの実力が、自分にはないからなのか。

「雪下侯爵には、先日港湾《こうわん》の書類作成の手続きで、お会いしましたがそれきりですよ。そういえば、優秀な書生を連れていたな。中原…と言いましたっけ」

ドキリ、と梓の胸が鳴った。

望月が中原の名を出すのに、意図はない。ただ中原を褒めそやす声に、梓が言い知れぬ不快感を感じるのは事実だ。

自分ばかりが意識しているのは分かっている。中原が褒められたからといって、自分がそしられているわけではないのも、分かっている。

ひとしきり談笑《だんしょう》した後、望月が女中に呼ばれ席を外した。

「梓、ちょっと」

その機会に、小林が席を立つと梓の元にやってくる。

「この後、時間あるか？」

梓も呼応《こおう》するように席を立てば、小林は梓の肩を親しげに抱き寄せながら言った。

「何だ？」

小林は梓と同じ大学に通う。五和《いつわ》銀行の頭取《とうどり》の息子で、裕福な家柄の出だ。専攻も同じで、梓に親しみを感じてくれているらしい。ことあるごとに梓に話しかけてきては、こうして親しみのこもった仕草《しぐさ》を向ける。たまに抱き寄せられる腕の力の強さに、眉をしかめることもあったけれど。

「この後、築地《つきじ》のホールに、音楽会の鑑賞《かんしょう》に行かないか？　急で悪いんだが、切符《きっぷ》が取れたんだ」

「音楽会に？」

築地には最近、新しいホールが出来ていた。出来たばかりのそこは新名所として、人々の関心を惹《ひ》き付けている。

梓も誘われて、ホールに興味がなかったわけではない。

「…でも」

一瞬、躊躇《ちゅうちょ》する。懐中時計を確認すれば、時刻は午後六時を指す。

中原に梓は、取るに足らない雑用を言いつけていた。筆記具の購入や、洋書の翻訳《ほんやく》を手に入れること、など…。それらを終えて七時に、中原は望月伯爵邸に戻り、梓を家に送っていくことになっている。

今、外に出ても、中原はいないだろう。時間になって自分の姿が見えなければ、中原は仕事を果たせなくなる。

「…迎えが」

躊躇《ためら》う梓に、小林は言った。

「別にいいだろう? 迎えなんて気にしなくても。僕が君を送るよ。それとも下男ごときの都合を、心配しているのか?」

心から驚いたように、小林は言った。貴族でありながら、下男を労《いた》わる。そんな愚《おろ》かしい真似《まね》は信じられない、そう言いたげな気配を小林から感じ取る。

望月のように、下男を褒める人間はまれで、梓を取り巻くのは圧倒的な階級社会だ。下男を褒めれば、下男ごときと通じる人間なのだと、自分が蔑《さげす》まれることにもなりかねない。

小林には普通の貴族らしく、下男ごときと口をきくのはわずらわしいという気配があった。

「い、いや」

つい、梓は首を振っていた。

「じゃあ、行こう。僕の運転手にすぐに、用意させるよ」

ぱっと表情を明るくすると、小林は梓の腕を引く。

開演の時間があるからと、望月への挨拶もそこそこに、伯爵邸を出る。

やはり、外には中原の姿はない。

忠実に自分の言いつけを守っているから。

「梓？」

伯爵邸の外で、周囲を探すように見回す梓に、小林が訊ねる。

日中から頭上を覆《おお》いつくしていた雲は、今は一粒、二粒と、姿を雫《しずく》に変えていた。

「何でもない」

首を振ると、きっぱりと梓は告げる。

自分が中原に頑《かたく》なな態度しか取れないのは、身分が違うからという理由ではなくて、……

その条件を除けば自分には、中原に敵うものは何もないのだと、思い知らされるからだ。

「行こう」

演目は独逸《ドイツ》の交響楽団《こうきょうがくだん》による、管弦楽演奏《かんげんがくえんそう》だった。

演奏自体はとても素晴《すば》らしく、すべての演目を終え劇場を出る人々の顔には、満足げな表情が浮かぶ。

「よかったな。思い切って来てよかっただろう?」

小林が意気揚々《いきようよう》と言う。

「ああ」

心から楽しむ気にはなれなかったが、梓は頷《うなず》く。

どれほど胸を打つ演奏であっても、終始ある存在が、胸に引っかかっていた。

廊下に溢れる人の波に揉《も》まれながら、梓はいるはずもない存在を、探している自分に気付く。

いるわけがない。多分、とっくに帰っただろう。

懐中時計を見れば、時刻は既に九時を指していた。

今頃家に戻り、早く仕事が終わったと、羽を伸ばしてでもいるに違いない。

「また誘ってもいいか?」

「う、うん」

気のなさそうな返事に、小林の腕が梓の反応を確かめようと肩を抱き寄せ、顔を覗き込む。

「これから浅草のバーに行かないか?」

さすがに、それは…。

けれど断る前に、小林が梓の腕を掴《つか》んで引き止めようとする。腕の力は思ったよりも強く、外れない。

いつもそうだ。親しみのこもった仕草なのだろうけれど、小林の自分を抱き込む振る舞いには、梓はたまに当惑《とうわく》させられる。

「いいだろう? 梓。運転手が君を…」

強引な誘いを断りきれず、困惑に眉根を寄せた時、小林の言葉を遮《さえぎ》るものがあった。

「梓さま」

(中原…!!)

劇場の出口のすぐ外で、中原が立っていた。

「なんでここに?」

自分は行き先を告げなかったはずだ。

中原の背後で、雨音が響いていた。どんよりと曇った空は、夜になって雨へと天候を変えた。

す…っと中原が傘を差し出す。

「…濡れますよ」

吐く息が白い。

中原の肩が、しっとりと濡れているのを梓は見た。

…傘を差していたのに。

車の中で待っていてもよかったのに。

「梓さま、このような天候です。今日はもうお戻りを」

低い声が掠れた響きを放つ。

忠心で促しながらも、その言葉には、有無を言わせない響きがあった。

「…ああ」

思わず、小林から離れ、中原の元へと足を踏み出す。

梓の身体が吸い込まれていく。中原の傘の中へと。

「迎えが来たから、…また」

言い訳めいた言葉を告げながら、中原が扉を開けるままに、梓は車へと乗り込む。

その姿を、小林は面白《おもしろ》くなさそうに見ていた。


「どうしてここが分かったんだ？」

後部座席から、運転席に座る中原に向って、梓は訊ねる。

「…仕事ですから」

そうとだけ、中原は答えた。それきり、会話は途切れた。

車中、二人きり。

狭い空間に、沈黙が重苦しい。

夜の闇に気付かなかったものの、よく見れば中原の濃紺《のうこん》の上着は、肩だけではなく下半身まで全てを雨で色を濃く変えていた。

もしかして、自分を…？

探していたのだろうか。…この雨の中を。

けれど、中原は梓を責めようとはしない。

だからこそ、一層、気まずげな思いを梓に味わわせた。

責めないのは、言っても無駄だと諦めているからだろうか。目先の遊興《ゆうきょう》に引かれ、下男を放っておくどうしようもない主人だと思っているに違いない。

「僕を責めないのか？」

腹の底では自分を馬鹿にしているくせに。

中原が忠実な態度を取るほど、梓に苛立《いらだ》たしげな思いを味わわせる。

「どうしてですか？」

約束をすっぽかし、中原に探させる間、自分は音楽鑑賞を楽しんでいたのだ。

その間、中原がどんな思いをするかも、考えずに。

何をしても、主人の勝手だろうと、言わんばかりに。

「…ご無事でよかった」

（え…？）

どんな表情で中原がその言葉を言ったのかは、後部座席にいる自分からは見えない。

もしかして、心配してくれたのだろうか。

いや、心から案じてくれたのではない。仕事だから。自分の主人の子息に何かあればまずいから、梓を迎えに来たのだ。

…責めてくれたほうがよかった。

中原はいつも、感情を表したりはしない。

何とも思われていないのが、余計に分かるから。

仕事だから、自分を探した。

仕事だから、仕方ないと諦めながらも自分を迎えに来た。

たとえ、それがどうしようもない主人であっても。

中原が意志を押し殺し、侯爵家に仕えるのは、故郷に残してきた家族のため。

生活の…金のため。

雪下家にいる限り、働きながら学校に行かせてもらえる環境が、与えられる。下男を人とも思わない扱いを向ける、主人の仕打ちに耐えれば。

助手席には、梓が頼んだ文箱が置かれていた。それは中原の姿とは対照的に、少しも濡れてはいなかった。

朝、目覚めると、梓の寝室の横のテーブルの上に、水差しと手桶が用意される。

水を注ぎ、顔を洗う。

水は冷たすぎず、適温に温められている…はずだった。

思いがけない冷たさに、梓は浸《ひた》そうとした指先を引き戻す。

いつも、水温を整えて梓の手水《ちょうず》の準備をするのは、下男である中原の役目だ。

今日に限って、温度を間違えたか。

着物を脱ぐと、洋装に着替える。

不思議に思いながら身支度を整え、自室を出て食堂に向うが、控えているはずの中原の姿はない。

その答えは、大学に向う時に与えられた。

中原の代わりに運転手として、同じ奉公人である南《みなみ》が待っていた。

「恐れ入ります。本日は中原の代わりに、私が送迎を務めさせていただきます」

「中原は？」

不審に思い、梓は訊ねる。

南も中原と同じ郷里の、確か軽井沢の出身だと言っていた。同郷の出身からか、奉公人の中でも特に、中原は南と仲がいいらしい。

仕事の代理を、頼むくらいに。

昨夜、自分は約束の時間を守らず、中原に迷惑を掛けた。それを不快に思ってのことだろうか。送迎を他人に任せるなんて。

「中原は本日体調を崩しまして。誠に申し訳ありません」

体調を？

思わず様子を窺おうとして、梓は寸前で問いを押し留める。

「本人は仕事を休む気はなかったようなのですが、梓さまに風邪をうつすわけにはまいりませんので、私どものほうで説得いたしました。その、…悪かったでしょうか？」

「いや、いい」

南が車を開けるのに、梓は乗り込む。

「無事に学校に行ければそれでいい。…運転手が誰だろうと」

冷たく告げれば、南の顔が強張《こわば》ったような気がした。

中原の体調を気遣わなかったわけではない。ただ、昨夜の状況が、中原に反抗的な態度を取らせたのかと、思ったのだ。

反感、いや、呆れられたのかもしれないと。

南は分を弁《わきま》えたように、梓に反論を述べることはなかった。運転席に乗り込むと、エンジンをかける。

暫《しばら》く進むと、南は恐縮さを滲ませながら、淡々と事実を告げるように、梓に言った。

「実は、中原ですが…。昨日昼間から体調を崩していたのですが、昨晩から酷い熱を出しまして」

「…熱を？」

その言葉に、梓は驚く。

「丈夫そうに見える人間ほど、一度病気をすると症状が重くなるようですね。ええ。体調管理には、今後は気をつけるように注意させます」

南は奉公人である中原を非難する言葉を、付け加える。主人の手前、仕事を休んだ中原を庇《かば》うことはできないのだろう。注意を促す言葉を掛けながらその実、本当は休まずに仕事に向う気はあったのだと、彼を庇う言葉をさりげなく梓に伝えている。

（……）

まさか、本当に？

中原は寝込んで……。

気まずい気持ちが込み上げる。

「そういえば昨夕は、泡を食ったように電話を掛けてきまして。私はてっきり、彼が入院でもしたのかと思いました」

泡を食ったように？

それは、自分が行き先も告げずに、勝手に予定を変更して音楽会に向ったせいだ。

そして、雨の中、中原は自分を探して…。

昨日昼間から具合が悪かったという中原は、そのせいで酷い熱を出した。今まで休んだことのなかった仕事を、休むほどに。

具合が悪かったことなど、気付かなかった。

電話を掛けてまで、必死で探していたのか…。

そんな素振りなど微塵《みじん》もまとってはいなかった。優秀な彼のことだ。冷静に所在をつきとめることができたのだと思っていた。いや、彼は職務に忠実なだけで、梓本人を心配したのではない。

けれど、…苦いものを咽喉元で飲み下す。

小林の誘いにも、音楽鑑賞にも、それほど興味があったわけではなかった。ただ、下男を気遣うのかと驚かれ、貴族としての対面のために、気のないふりをせざるをえなくて、誘いに乗った。

馬鹿なことをしたものだと思う。

黙り込んだ梓に、南はそれ以上声を掛けようとはしなかった。

「昨日は、申し訳ありませんでした。本日から運転を務めさせていただきます」

翌朝、大学に向おうとした梓を、中原が玄関のホールで待っていた。平気なふりをしながらも、まだ顔色は青ざめている。

本調子ではないのかもしれない。

一度でも疑って、すまないと思う気持ちが込み上げる。

「…中原、その」

「はい」

体調は？　平気なのか？　気遣う言葉を、掛けてやったほうがいいだろうか。

そう思うのに、どうしても、声に出すことができない。中原も多分仕事として、自分を探しただけだと思うから。彼が忠実なのは、父に取り入ろうとしているためだ。自分に仕える人間はいつも、梓自身に心から尽くそうとして、仕えているのではなかったから。

侯爵家という身分や、雪下商会の持つ金。梓たち本人に頭を下げるのではなく、彼らは梓たちを通して、その後ろにあるものを、見ているのだ。

そういった雰囲気を、梓は子供の頃から敏感に感じ取っていたから。…でも。

それでも、中原は自分を探しに来てくれた。酷い熱を出してまで。そのことにだけは、謝らなければならないと、梓は思った。

「昨日は…」

「中原」

言いかけた時、背後から執事が中原に声を掛けた。

「恐れ入ります、梓さま」

梓に頭を下げると、執事は中原に封書を手渡す。

「こちらを、事務所に届けるようにと、連絡が入りました」

「はい」

「お前が休むと、業務が滞《とどこお》って仕方がないですよ」

執事は中原を必要としていると言いたいのか、それとも責めているのか。

その言葉はまるで自分を責めているように、梓の胸を抉《えぐ》る。中原が寝込む原因を作ったのは、自分だからだ。原因を作った自分は非難されるべきもので、その上、中原はこうして周囲に必要とされている…。

周囲に、認められている。

「梓さま、お車に」

「…いい」

促そうとした中原を拒絶すれば、中原は驚いたように息を呑む。

「書類を届けなければならないんだろう？　僕を送るよりもそっちを優先すべきじゃないか？　今日は執事に送ってもらう」

「ですが…」

「そんな青ざめた顔をして。今のお前に送ってもらって逆に、事故でも起こされたらかなわない。迷惑だ」

きっぱりと言ってやれば、中原の動きが一瞬、止まったような気がした。

すまない、本当はそう言いたかったはずなのに。

やはり、中原を目の前にすると、言えない。もう少し休んだほうがいいとか、…もっと、そんな言葉を掛けてやりたかったはずなのに。

梓の隣で、執事も目を丸くする。老齢《ろうれい》の執事には、そんな厳しい言葉を、梓は向けたことはなかったから。

あの時と、一緒だ。山で迷った自分を、中原が探しに来てくれた時と。

そして今も、その言葉を梓は告げられない。


「今日はあの男が送迎をしないのか?」

「…ああ。風邪を引いて」

大学に行くなり、運転席に座っていた執事の姿を、目敏《めざと》い小林に見つかってしまう。彼の前で何度か中原の名を出したはずだったけれど、小林は覚えようとはしない。それが普通の貴族の、下男に対する扱いだ。

苦々しい思いで、梓はそれを見つめた。

今朝の自分は、まるで小林が中原を扱うのと同じ態度を、向けたように中原の目には映っただろう。たとえ、そのつもりはなくても。

傲慢で、特権階級を鼻に掛けて、下男を人間とも思わないような…。

「意外と軟弱なんだな」

体調を心配することはなく、さも面白そうに小林は言った。

「それより、また切符が手に入ったんだ。今日はゆっくり出かけないか?」

「やめとくよ。今日は」

今度は梓はきっぱりと断った。

小林は残念そうな顔をしていたが、どうしても頷くわけにはいかなかった。


南の運転で、梓は家に戻る。

侯爵家の本宅は周囲を高い塀が固め、その先は見えないほどに長い。

門に近づいたところで、梓は南に声を掛ける。

「車を止めてくれ」

「はい」

南は梓の命令に素直に頷くと、すぐに車を止める。

「梓さま、どうかなさったのですか？」

「ちょっと行ってくる。もう家だから、戻っていいよ」

南をその場に残すと、車ごと戻るように言う。塀の先に、子供が集まっていた。

「どうしたの？」

「すみません、凧《たこ》が、引っかかってしまって…」

梓が近づくと、子供たちは焦ったように頭を下げる。

ふと見ると、侯爵家の中の木に、凧が引っかかってしまっていた。

「だから、こんなの今頃出すなって言ったんだよ」

「いいじゃないか、やっと見つけたんだから。正月に見つけられなかったから、せっかくだから揚げようって言ったのは、お前のほうじゃないか」

お互いに責任をなすりあいながら頬を膨《ふく》らます子供たちの様子を、梓は微笑《ほほえ》ましく見た。

子供の背なら難しいだろうが、自分ならば。

「少し待ってて。取ってあげるから」

梓は塀に手を掛けた。

執事にこんなところを見つかれば、侯爵家の子息はそんなことはしないとか、小言を言われるだろう。それこそ、危ないものにはほとんど近づけられずに、自分は育てられてきたから。

薪割りなど、少しでも危険が伴《ともな》う仕事は、中原のもので。力強く、逞しい彼の体躯を、いつも梓は羨《うらや》ましく思っていた…。

凧には容易《たやす》く、指先は届いた。けれど、糸が枝に絡みつき、容易に引き離すことはできない。もたつく間に、足を掛けていた枝が折れた。

（…っ!!）

宙に投げ出される。

地面に叩きつけられる前に、梓の身体は逞しい腕に支えられる。すっぽりとその体軀に、
梓の身体は埋まりそうになる。

（一体…）

青ざめながら自分を抱き止める腕の正体を確かめる。

（中原…!!）

梓は目を見開く。

梓の身体を支えても、…中原の足腰はびくともしない。大人の男の身体だった。

中原の腕が自分を包み込む。

筋肉のついた腕、固い胸板、広い…肩幅…。

彼の腕の中で、梓は身を縮めた。

多分、力では敵わない。彼が本気で反旗《はんき》を翻《ひるがえ》せば、きっと。

「…大丈夫ですか?」

中原の顔が青ざめていた。今朝、体調を崩しながら梓の前に現れた時よりも。

本気で、心配してくれたのだろうか…?

けれど、その期待はすぐに失望へと変わる。

「このようなことはなさらないでください。梓さまに何かあれば、責任を彼らが取らされるのですよ」

梓をそっ…と地面に下ろしながら、中原が梓の軽はずみな行為を責める。中原が、青ざめるほど驚いたのは、周囲への責任と影響力を考えたからだ。ひいては、奉公人である中原自身のため…。梓を、心配したからではない。

彼が自分に従うのは、貴族であり、奉公先の主人だからだ…。

ただ、それだけで。

それらの理由がなければ、彼は自分に頭を下げたりはしない。

自分の主人よりも、優秀で。

「いつまで、僕に触れているつもりだ?」

中原の腕を振り払えば、中原ははっとしたように慌てて腕を引く。

気まずげな雰囲気が、二人の間に横たわる。

どうして…こんな…。

中原は助けてくれたのだ。いつも自分を助けるように現れる。

けれど、それは奉公人としての仕事と、責任として、だ。

それからまた、梓の送り迎えは中原の仕事になった。


「運転手、またあいつになったんだな」

小林が残念そうに言った。

「あいつがいると…いや」

言いかけて口を噤む。

「…?」

なぜ、小林は自分の送迎が中原になることを、残念がるのか。

「中原がどうかしたのか?」

「うーん…」

言いかけて止めたことを咎《とが》め、促すと、小林は仕方なさそうに口を開いた。

「君を誘いにくくなるからさ。前回、君をホールに迎えに来た時、俺のことを生意気にも睨《にら》みつけたからさ」

「え？」

睨みつけた？　中原が？

「ちゃんと送り届けるつもりだったのに、まるで俺を、勝手に君を連れ回したみたいに」

周囲の貴族に不興《ふきょう》を被《こうむ》れば、自分の首が飛ばないとも限らない。

なのにその中原が、小林を？

「下男のくせに。ゴミはゴミらしく分を弁えて上には接すればいいのに」

心から蔑むように、小林が吐き捨てる。

「あいつは、ゴミ…」

ゴミじゃない。

そう反論しそうになったその時、小林の背後に現れた影に、梓は目を見開く。

「…梓さま」

中原が立っていた。

(聞かれた…っ)

さすがに梓も動揺する。

「こちらを。車の中にお忘れになっていたので。…失礼いたします」

文箱を差し出す中原の表情は微塵《みじん》も変わらない。

小林は面白くなさそうに鼻を鳴らした。傷つく表情でも見せればいいのにと言いたげに。

気まずげな気分を味わわされるのは、梓だけ…で。

去っていく彼の背を見る自分の胸が、酷く痛かった。


その知らせは突然だった。

父は憔悴《しょうすい》しきった様子で、梓に対面した。

「持ち逃げ、ですか？」

「…そうだ」

「なんてことを…」

梓は絶句する。

決して悪い業績ではなかった雪下商会だったが、信頼していた会社の会計係が、手形《てがた》を勝手に振り出し、現金化して逃げたのだ。不渡りを出すのを恐れ、借金をしてその時の取引きはしのいだものの、今度は期日がきても借金を返す当てがない。

そのことを父が梓に打ち明けたのは、期日を一週間後に控《ひか》えたある日のことだった。

「借りられるところからは借りたんだが…。まさか、こんなことになるとは」

悪いことは重なるもので、取引きさえうまくいけば借金は返せると踏んだものの、取引きで得た製品を乗せた船が嵐に巻き込まれ沖で沈み、商品は届かなかった。

「会計のことは信用していたんだが…。ずっと一緒に頑張ってきたのに」

父のつらそうな表情に、梓の胸がずきりとなる。

金を持ち逃げされたことよりも、信じていた人間に裏切られたことのほうが、父はこたえているようだ。信用していたからこそ、一番重要な会計を任せていたに違いない。一緒に頑張ってきた、その言葉が、胸に圧《の》し掛かる。

けれど、彼は金の…目先の利益のために、会社と、父を裏切った。

――金の、ために。

平気で人の信頼を覆しても、かまわないなどと。

金のため、そう思った時、中原の横顔が脳裏を過ぎる。

ぎゅ、と膝の上で、拳を握り締める。

自分が呑気《のんき》に学校に通っている間に、そんなことになっているなんて。心配を掛けまいと、父は一切家族にそれを知らせなかった。

変わらず、周囲には贅沢な品々が置かれている。たまに珍しいものを土産《みやげ》に持ってきてもくれていた。

よく見れば父は、ここ数日で酷くやつれていた。

気付かなかった自分が恥ずかしい。父が苦労している陰で、自分は毎日贅沢に暮らしていたのだ…。

「まだ、諦めるのは早いですよ。一緒に頑張りましょう」

「梓…」

励ましながらも、目の前に、暗雲が広がるのを梓は感じていた。


初めてだった。金の心配をしなければならないなど。

親戚、知り合い、色々なつてを、梓は探した。けれど、どれも駄目《だめ》だった。

初めて梓は金を借りるために父に同伴し頭を下げた。しかし担保《たんぽ》をほとんど持たない状態では、無理だった。会社の資本拡大のために、運用資金を増幅させようとして、父は土地を株券や有価証券などに変えていた。だが、それらの株価は軒並み下落し、資産としての価値を殆ど持っていないことを梓は初めて知った。国債などの安定したものに変えてはどうか、そう進言していた中原の言葉が頭を過《よ》ぎる。

歩き回る疲労ばかりが、梓の上に残る。自分がどれほど安穏《あんのん》と暮らしていたのかを、梓は思い知らされる。貴族としての尊厳など、金を借りるということの前では、何の役にも立たない。

親切な望月伯爵の元も訪ねたが、たまたま欧羅巴に仕事で出かけているという話だった。帰国は一ヵ月後。期日には、間に合わない。

誰か、金を貸してくれる当てはあるだろうか。

ふいにある顔が浮かんだ。

五和銀行の頭取の息子という立場の人間が。

だが…。梓は頭を振った。父親ならともかく、友人だからこそ小林には金を借りることはできない。

そんな時だった。小林の訪問を受けたのは。

「大変みたいじゃないか。今、君の家は…」

応接室に、梓は小林を通した。

労わる表情を向けられて、初めて、梓の表情が弱々しいものになる。

それは奉公人の前では、決して見せなかったものだ。どんなにつらい思いをしていても、自分が不安そうな顔をしてしまえば、下の者はもっと不安になる。だから平気な顔しか見せることはできなかったけれども、こうして、使用人をたばねる同じ身分である彼にならも、弱さを見せられる。

中原には決して見せられない。

「ああ、…」

今は借金をしていても、こうして心配して訪ねてくれる小林の心遣いが嬉しい。

「どうするんだ？　これから」

「もし返済できなければ、学校を辞めて、働こうと思って」

まだ父には告げていなかったが、梓は決めていた。小林のような友人とも、別れることになるけれど。

「大学を辞める？」

小林は梓の答えに目を見開く。そして、気の毒そうに眉をひそめた。

「そうしたら、もう君にも会えないかもしれないけど…」

「…そんなことは許さない」

ふいに、小林の声が低くなる。

「小林？」

「…いや」

五和銀行には、既に父は頭を下げに行ったと、梓は聞いていた。

彼はまだ学生の身だ。銀行頭取の息子とはいえ、何ができるわけでもないだろう。友人に金のことで迷惑を掛けるわけにはいかない。

「なあ、学校を辞めるのは最後の手段として、…俺では君の役に立てないだろうか？」

「…え？」

小林の申し出に驚く。

「…でも」

梓は躊躇う。

「遠慮しないでくれ。俺は何とかして君の役に立ちたいんだ。父をもう一度説得して、口添えしてみせる」

「その言葉だけで、…充分だから」

きっぱりと断れば、小林が片方の目を歪めた。

帰宅を促しながら、応接室から廊下に出る。長い廊下の途中で、ふいに小林が足を止めた。

「頑固だな、君は」

小林が梓の手首を摑んだ。

「何…?」

「わざわざ口添えをしてやると言っているのに、断るなんて」

それは、友人からだ。友人だと思っているからこそ、金のやり取りはしたくはなかった。

「あ…っ!」

言いながら、小林が梓の身体を廊下の壁に押しつける。

「父は俺の言うことなら聞く。もう一度融資《ゆうし》するよう、俺が言えば悪いことにはならない」

壁に身体を押しつけられた時、わざとらしく下肢《かし》を押しつけられる。

まさか。

「せっかく君を手に入れるために、融資を止めてもらったのに」

まさか、融資を止められたのは、小林のせい…?

そのせいで、迷惑を掛けて。

「いい機会だったよ。これを利用しない手はない」

小林の顔が、意地の悪い表情を浮かべる。

「なぜ…？」

何が狙いなのだろう。

「俺のものにならないか？　梓」

やっと小林の意図に気付く。

青ざめながら、友人だった男の顔を見た。

「なんで僕を…？」

男である自分を。

「知らないのか？　自分が男たちの間でどう思われているのか。その美貌、藤の花のような色香…、君に金や身分がなければ、手に入れたいという男はごまんといる。ただ金があったから、手を出せなかっただけだ」

金。ここでも小林はその言葉を言う。

「雪下商会を助けるには、君は俺のものになるしかないんだ」

妖しい笑いを口の端にのせながら、小林は梓を掴む手首に力を込めてくる。

力ずくで自分を奪おうとするような、そして融資を止めるという卑怯《ひきょう》な脅迫《きょうはく》を行使するような人間だったなんて。

「今までは機会がなかったが、今度は違う…」

自分のそばにいたのも、いつかこうする機会を狙《ねら》っていたから…?

「ふざけないでくれ…っ」

小林の本性を、梓は初めて知った。

今まで、彼の本性に気付かなかったなんて。

自分の鈍さに、梓は歯噛みする。

ぐり…っと押しつけられた下肢、それは梓に、はっきりと欲情《よくじょう》していることを示していた。

(嘘だ…っ)

自分が、そのような対象になるとは。

小林の身体が、梓に重なる。

「やめ…っ」

首筋に口唇が埋まりそうになり、梓はもがいた。顔を背けるが、埋まる首筋に歯が突き立てられる。

「君の細腕じゃ、逃げるのは無理だよ。いつも、中原がいなければ何もできないくせに」

中原に守ってもらわなければ…。

痛みとともに、嘲笑《ちょうしょう》が首筋に吹きかかる。

「なんで、こんな…っ」

優男《やさおとこ》と思ったのに、小林の腕の力は思ったよりも強く、外れない。腕の中に抱き込まれ、梓は小林の体軀を引き剝がすように背に腕を回した。

それは、自ら彼の身体にすがったように、周囲には見えたかもしれない。

「梓さまに何をしているんですか⁉」

廊下に響《ひび》き渡った声に、梓は振り向く。

「なか……っ…」

それが中原でも。

現れた救いの神に、ほっと息をつこうとするが、その表情の険しさに声を詰まらせる。

「なんだお前は…」

無粋《ぶすい》な真似を、と言いたげに、小林が舌を打つ。

「下男のくせに無礼な…」

けれどすぐに中原の剣幕に、息を呑む。

(何…?)

青ざめながら、梓は中原の顔を見上げた。

彼に慣れているはずの自分ですら、恐怖に脚が竦《すく》む。それほどに険しく、迫力のある表情をしていた。

自分がそうなのだから、小林はもっと驚いたに違いない。みっともなくも迫力に呑まれ、顔色を蒼白《そうはく》にしていた。

「梓さまに何をしているかと聞いているんです！」

「…い、いや…」

やっと小林が言えたのは、ただそれだけで。

動けず梓の身体に回ったままの腕を、中原が引き剝がす。そして、梓を自身の背の裏に庇った。

「あ…中原」

小林に対する失礼な真似を、主人である自分が諫《いさ》めようと思っても、眼光鋭い瞳に見下ろされ、その迫力に思わず口を噤む。それ以上、言葉を続けることができない。

「梓。…ま、また来るよ」

小林はまるで、逃げるように去っていく。

中原の背に阻《はば》まれ、見送ることもできずに、呆然《ぼうぜん》と梓はその場に立ち竦む。

玄関の扉が閉まる音がした。

完全に小林の気配がなくなった後、中原は梓へと振り向く。

「何をなさっていたんですか?」

問い詰める中原の視線が、梓の咽喉元へと下りる。

そこはいつの間にか、小林によってはだけられていた。

ボタンの外された胸元…。

「あ…」

慌てて梓は襟元を掻き寄せる。答えられずに梓は頬を朱に染めた。

中原の強い眼光が、首筋を抉った。

「何をされていたのかと、聞いているんです!」

激しい詰問《きつもん》が繰り返される。主人を守るのは下男の役目だ。中原の眼光が抉る場所、そこはさっき、小林が口唇で触れた部分だ。嚙みつくようにされたから、跡が残ってしまったのか…。

「融資の相談を…していて…」

激昂《げっこう》したかのような中原の剣幕に呑まれ、なぜ下男に弁明しなければならないのかと反発を覚えながらも、たどたどしく梓は答える。妙に言い訳めいた口調になるのは否めない。

見られたのだ。

好きと言われて動きが止まった自分は、抵抗もせずに、小林の腕の中にいたように見えただろう。友人だと思っていた人間の裏切りと、自分に向けられた信じられない行為に、梓は深い衝撃を受けていた。

上手《うま》く、言葉にして伝えることができない。

「僕のせいで…融資を…。僕が頭を下げれば、融資してくれると言うから」

父が五和銀行から融資を断られたこと、それが自分に小林が好意を持っていたせいだなんて、とても言えない。そのせいで、迷惑を掛けたくはなかった。自分だけならともかく、父やそこで働く人の生活にまで、迷惑を及ぼすなんて。

「まさかそのために、身体を売ろうとしたのですか？　そんな娼婦《しょうふ》みたいな真似をあなたが!?」

「…っ」

中原の言葉が、深く梓の胸を抉った。自分が中原に向けていた軽蔑、それを今度は、中原が自分に向けたのだと知った。

違う。

自分のせいならば、その責任から逃げたくはないと、思ったのに。

『中原がいなければ何もできない』

小林にも、そんなふうに思われていたのが悔《くや》しかった。

「かまわないだろう!?」

「梓さま!?」

梓の言葉に、ぎょっとしたように中原が目を見開く。

「こ…この程度で、金を融資してくれるなら」

何でもないことのように告げる。

「お前に何ができるというんだ?　下男のくせに、口出しするな!」

迸《ほとばし》る激情のまま叫べば、さ…っと中原の顔色が変わったような気がした。

「どうせ、何もできないくせに」

下男に一体何ができる。

自分の苦労も知らないで。

この一週間、頭を下げ続けた…自分の。

金がなくなった途端、掌《てのひら》を返したような扱いをした周囲の…。

「…私が、何とかしますから」

感情を抑えつけたような、低い声だった。

「何を…っ!?」

中原の申し出に、梓は目を見開く。

自分の行動は、同情を誘ったのだろうか。

中原に同情などされたくはない。

貴族の子息でありながら、借金のために身体を売る。

中原の目に浮かんだのは憐《あわ》れみ…だろうか。

下男ごときが、中原が。

自分を憐れむ…なんて。

そんなのは許せない。

か…っと梓の頭に血が昇った。

「お前に施《ほどこ》しを受けるくらいなら、死ぬ…!」

「そんな言葉を軽々しく口にするものじゃありませんよ」

たしなめるように中原が言った。自分ばかりが怒りに頬を紅潮させ、対する中原は冷静に自分をいなす。

「何を言う! 貸した金を返せないなんて不名誉を与えられ、蔑まれて生きるよりもそのほうがいい!」

梓とて、本気でその言葉を吐いたわけではない。

「奉公人のお前に何ができる」

酷いことを言っている自覚はある。

「できもしないことを、何とかする、なんて無責任なことを言うな。いいよな、お前たち下男は。責任なくそういうことを口にできて。お前のような貧乏人に、僕たちの苦労がわかってたまるか！」

中原の気持ちを罵《ののし》るようなことを言った…。けれど、止めることはできない。

「金を用意できるものなら、用意してみろ。できもしないくせに。…小林が融資してくれるというなら、小林に抱かれる」

挑発するように告げる。

「どうせ、用意できないくせに」

燃えるような瞳で、中原を睨みつける。

貧乏人のくせに。

何でもできる中原が唯一持たないのは、金だ。梓の父が金を持っていたからこそ、中原は梓に仕えた。信頼していた会計、彼が金を持ち逃げしたこと、それも梓を傷つけていた。

金のせいで、彼は父の信頼を裏切った。

「世の中金がすべてなんだよ。お前だって、金があるから、僕の家に仕えていたんじゃないのか?」

唯一自分が受けた教育の中で中原と違うのは、人の上に立つ者としての振る舞いだった。貴族としての誇りを守るための教育、それは借財の前では何の役にも立ちはしなかった。唯一中原に対し自負できたそれすら、打ち砕かれた傷は深い。

「そんな…ことは…」

なぜか、中原は言い淀《よど》む。かまわず、口の端を吊り上げると、挑発するように梓は言った。

「明日、小林を呼ぶ」

「…梓さま」

一方的に梓ばかりが叫ぶように言えば、いきなり中原の声が低くなる。

はっと梓は口を噤む。

中原には、押し殺したかのような怒りが見えた。彼を取り巻く雰囲気が、変わる。

言いすぎた…っ?

しまったと思う前に、中原が梓の肩を掴む。

「な、…なにを…っ」

梓の身体が竦んだ。

勝手に、主人の身体に触れるなんて。許されることではない。今までに中原が向けたことのなかった振る舞いに、梓は驚く。

「あなたは男に抱かれるということが、分かっているのですか？」

怒りを押し殺したかのような気配を湛《たた》えながら、中原が長身を屈《かが》めた。首筋に獣のように噛みつかれる。

「…あっ！」

ビリ…っと噛みつかれた部分に、電流のような刺激が走った。

「こういう真似が、あなたにできるのかと言ってるんです」

荒々しくシャツをはだけさせられると、脇腹から掌が潜《もぐ》り込んでくる。

ざわりとした感触が、撫でられた部分から走った。荒々しく肌をまさぐられ、身体が恐怖に竦んだ。

初めて、中原を牡《おす》として意識した。

「や、やめ…っ」

抵抗しても、中原の蹂躙《じゅうりん》は止まない。背の窪《くぼ》みを、愛撫するかのように撫で上げられる。

もがき続ければ、抵抗を捻《ね》じ伏せるように掌が太腿《ふともも》を割る。

悪寒《おかん》が背を駆け抜ける。

脚の狭間に中原の膝が割り込む。両脚を開かれ、太腿の内側を撫でられる。指先は、付け根へと這い上がって…。ぞくん…と肉根に鮮烈な熱が灯った。

(そこは、いや…っ)

彼の掌の中で、変化を知らせることに怯えた。

「離せ、はな…っ」

耳朶《じだ》に掛かる男の吐息。それは欲情を知らせるかのように熱い。

(まさか、本当に僕を…?)

そんなこと、考えたこともなかった。どこかで、心の底では彼を信頼していたのだと、気付かされる。

怖い。

でも力では敵わない。

震えながら耐えるようにぎゅ、と目をつぶる。

侯爵家の庭で、出会った時の姿を思い出す。

気恥ずかしそうに頬を染め、みすぼらしい身なりを隠そうとしていた中原、その姿がどうしても梓の裡にあるから、彼が大人の男に姿を変えても、牡として生々しく意識できなかったのだ。

だが今は、獣のような荒々しさで肉欲を煽《あお》ろうとする。下男である前に彼は、欲望を抱くことのできる、一人の男、なのだ…。

けれど、いつまで待っても、それ以上の衝撃は訪れない。

（……？）

いつの間にか、脇腹を撫でていた感触はなくなっていた。

「明日まで、…待ってください」

中原は言い置くと、梓に背を向ける。

廊下の端に、その姿が消えていく…。

中原の姿が完全に見えなくなって…梓の脚から力が抜けていく。

本当に、犯《おか》されるかと思った。

――怖かった。

壁を伝って廊下にずるずると、梓の身体が滑り落ちる。

いつまでも、その場に梓は座り込んでいた。

応接室の中央に立つと、室内を眺める。

壁時計も、宝飾品《ほうしょくひん》も、すべてが姿を消していた。母の大切にしていた文琳茶入《ぶんりんちゃいれ》も、床の間にあった紫雲屏風《しうんびょうぶ》も。

自分たちの落ち度ではなく、信用していた人間に裏切られたことによって、こんなふうになってしまったのが悔しい。金に目が眩《くら》んだ人間のせいで。

父も、ぎりぎりまで努力すると、金を借りられる当てを探して奔走し、この家にはこの一週間、一度も帰ってきてない。

今、自分たちができることをしなければ、…そう思って、あらゆるものを金に変えた。

家も担保にしたから、間もなくこの屋敷も出なければならない。

生まれた時から慣れ親しんできて、今の自分を育《はぐく》んできた場所を失うのはつらい。

雪下家が斜陽《しゃよう》という噂を聞いて、友人たちは梓を遠巻きにするようになった。

はっきりと距離を置いているのが分かる。

今日、大学は教授の勧めで退学ではなく、休学という手続きを取った。本当は、大学を辞めて働こうと思ったのに、待つように説得されたのだ。

わびしい思いで、大学を後にしながら、梓は思った。

友人たちも、侯爵という称号や、金、そして梓を取り巻く様々な条件のために付き合っていたということがよく分かる。心を許せる友人が、少なかったことが…。

自分は、条件で人を判断したりはしない。

利益をもたらすからとか、そういう理由で友人を選んだりも。

けれど金がなくなっても、自分の味方でいてくれる人間はいない。

（……）

装飾品のなくなった応接室は、寒々とした雰囲気に満ちている。

こんなに、この部屋は広々としていただろうか。

人がいない家は薄暗く、実際の広さ以上に、大きく感じさせられる。

女中たちにも父が、暇《ひま》を出したのを知っている。女中たちも次の勤め先を世話された時が、一番ほっとした表情を見せていた。金がなければ、何もできないのだ…。自分の生活は、すべて金があるからこそ成り立っていたもので、実際は自分一人では何もできない。それどころか…。

「あの時、中原が来てくれなかったら、本当にどうなっていたか分からない…」

梓は呟く。

小林が、自分をそういう目で見ていたことも驚きだった。

その後の、中原の行動も。
『あなたなど、守ってもらわなければ何もできないくせに』
中原からも、そう言われているような気がした。
あの時手首に食い込んだ指先の痕《あと》を見つめる。
小林よりも、中原の力のほうが強かった。
首筋に、そ…っと指先を触れさせる。
自分にあって中原になかったもの、それは金だ。
だから中原は自分の前にかしずいた。
金がなくなったら、中原には何も勝てない。

くじけそうになる気持ちをこらえ、梓は自室へと向う。
母が亡くなる前に愛した茶器は、茶室からすべて姿を消した。
自分も、以前茶室で静かに茶を点《た》てる時間が好きだった。
この家を盛り立てて借金を返して、再びそれらを取り戻すことが…自分にできるだろうか。

　自室に入った途端、廊下から名を呼ばれる。

「梓さま」

「中原？」

　驚いて、梓は襖《ふすま》を開けた。

　足元で中原が膝をついていた。

　昨夜、あれほど酷いことを言ったのだ。とっくに他の女中たちと同じように、姿を消したと思った。

「お前もいなくなったんじゃなかったのか？」

　真っ先にいなくなるだろうと思ったのに。

「暇を出されたんだろう？　さっさといなくなればいいのに」

　冷たく言い放つ。

「いいえ。私は…」

　中原の双眸に、一歩も引かないものを見て、梓は仕方なく告げる。

「…入れ」

　許可を与えると、中原は畳《たたみ》を踏みしめながら中に入ってくる。

物言いたそうな瞳に、梓は仕方なく座り込む。

中原は居住《いず》まいを正すと、梓の対面に正座した。

「…これを」

そして、懐から袱紗《ふくさ》に包まれた長方形の包みを取り出した。

「何だ…?」

不審気に眉を寄せる。

「この屋敷を買い戻すのと、借金の返済に充《あ》てられる分の金額があります」

梓の胸に衝撃が走った。

「な、にを…」

「こちらを、どうぞお使いください」

「…っ!?」

中原はこともなげにそう言った。

まさか、これを差し出すというのか?

不審気な梓に、中原は一番の心配を推測したように告げる。

「これは、差し上げます。もちろん返済する必要はありません。今までお世話になりましたから、その礼とでも思って受け取っていただいてかまいません」

な…っ…。

梓は目を見開く。

札の厚みはかなりのものだ。

これだけの金額を、差し出すというのか？

しかも、返済する必要もないと。

そんな旨《うま》い話があるわけがない。

「一体、何が望みだ…？」

今度は中原が困惑したように眉を寄せる。

「何の担保もなく、これだけの金額を差し出すわけがない」

それに…。

「この金を一体、どうしたんだ？　どこから持ってきたんだ？」

まさか盗み？

すると、中原はそれだけはないと、真っ直ぐに梓の目を見た。

「これは正真正銘《しょうしんしょうめい》、きちんとした金です。人に迷惑を掛けてつくったものじゃありません。何に使っても、後ろ指を差されるようなことはありませんよ」

「だったらどうやって工面したんだ？」

「……」

中原は答えない。

「心配ありませんよ」

そうとだけ、言う。

一体、どんな方法を使ったというのだろうか。たった一晩で、これだけの金を、用意するなんて。

「これだけあれば、充分返済に充てることができるでしょう。…では、私の用件はこれで終わりですので、おいとまいたします」

覚悟を決めたような瞳。

すべてを受け入れたような。

一体、何と言ったのだろうか。

離れる？　彼が？

いとまごい…彼もこの屋敷から去っていく。自分から、離れようとしている。

「な…」

屋敷を出て行けばもう二度と、自分の前には姿を現さないかもしれない。

す…っと立ち上がろうとする中原に、梓は言葉を失う。

「待て！　一体、この金はどこから…」

「お世話になりました」

頑なに中原は答えようとはしない。中原の瞳が逸らされる。

自分から、離れていく…。

「中原…！」

咽喉元に突き上げる衝動が何だったのかは分からない。けれど広い背に向かって梓は叫んでいた。

「何です？」

　立ち上がって袖を摑めば、やっと中原は梓を振り返る。

「この金は…受け取れない」

言いながら、言葉が詰まりそうになる。

本当は咽喉から手が出るほど、欲しかった。

これがあれば、すべてが元に戻るのだ。会社も持ち直すことができる、暇を出した女中たちを呼び戻すこともできる。でも。

一週間、頭を下げ続けても金を借りられず、集められなかった自分と。

こうしてたった一晩で、自分があれほど頭を下げてもできなかったことを成し遂《と》げた中原と。

中原がどうやって金を作ったのかは分からなくても。

力の違いを見せつけられる…。

敵わないのだ、彼には。何もかも。

人生で一番苦しい時に、中原に敵わないことを見せつけられる。

負けたのだと、認めたくはなかった。

「なぜです？」

ここに来て、中原が初めて表情を動揺に変えた。

「…小林が、口を利いてくれるというから。お前に施しをもらわなくても、大丈夫、だから…っ」

それは嘘だ。

昨晩、プライドを捻じ伏せるような真似をした中原に対する、当てつけもあった。

このくらい、何でもないのだと。

最後まで、別れる時まで、彼に負けたままだとは、思いたくはなかった。

ただ、…それだけ。

「彼に助けてもらうと、もう決めたんだ。だからこの金は…必要ない」

この金をもらったら、彼に負けてしまう。自分が努力しても、手に入れられなかったものを、たった一晩で易々と手に入れてきた中原に。

負けたくない。それはずっと、梓の中にあった感情だ。

「何ですって？」

さ…っと中原の顔色が変わった。

「まさか代わりに…」

絶句した気配を見せる。

思わず、梓は挑発めいた笑みを、表情にのせていた。

「…だとしたら？」

いつも冷静沈着で、何を考えているのか分からなかった男が、か…っと頭に血を昇らせるのを見た。

腕を摑まれる。そのまま畳の上に身体を引き倒された。

（え…？）

「う…っ」

乱暴な仕草に背をしたたかに打ちつけ、梓は苦痛の吐息を洩らした。

「な…っ」

シャツの前をはだけられる。

何かを確かめるような強い眼光が、頭上から降り注ぐ。

「何をするんだ…っ」

問い掛けなど聞こえないふうで、中原が梓の首筋や胸元を直《じか》に舐めるように見る…。

「もうあなたは、小林に身体を与えたのですか?」

青ざめた顔色で、中原が梓の身体を探る。

中原の行動の意図を知り、梓の頬に朱が走る。

自分が、既に男に身体を与えたのか…調べようとしたのだ。

頭上から、強烈な視線が梓の肌の上を這う。中原の大きな体躯が、梓の身体に覆いかぶさっている。力ずくで引き倒され、組み伏せられる。

真っ白な雪のような肌には一つの痕も散ってはいない。

ほっ…と中原が安堵《あんど》したかのように溜息を吐《つ》く。

「く…っ」

昨晩も押さえつけられた手首、…それを握り締められて、梓は苦痛の吐息を洩らした。

すると、慌てたように中原が手を離した。

『もう、身体を与えたのか?』

中原はそう訊いた。

違う。

銀行の融資が止まったのは、自分のせいだったから。自分のせいで皆に大変な思いを味わわせたのが、つらかったから。

だから…。

そんな自分の悲痛な思いも知らないで。

「お前に、施しをもらうよりも、まだいい」

挑発するように梓は言った。

「施し？」

「そうだ。施しをもらうなんて我慢ならない」

白い肌を怒りに染めて梓は言った。

「見返りもなくこんな大金を用意するわけがない。今までお前をかしずかせていた僕が、お前の施しによって生きながらえる。それが狙いか？」

言ってしまえばもう、止まらなかった。

「どうして…そんな」

自分がやってきた仕打ち、彼に対する態度を思えば、恨んでいても仕方がない。

なぜか苦しげな光が、中原の目を過ぎった。

「だったら…」

苦痛に染まった吐息だった。

「どうすれば、受け取ってくれるんです?」

中原の金がなければ、小林の申し出を受けなければならない。小林に身体を与えなくても済むには、中原の金を受け取る以外にない。

「私もあの男のように身体を要求すれば、受け取ってくれるのですか…?」

搾《しぼ》り出すような、声。

苦しげな吐息混じりの声に、梓の胸がどきりとなる。

どうして彼が、こんな表情をするのか…。

挑発に答えるかのように中原が言う。

「…だったら?」

できるわけがないと、梓は思っていた。

「後で貸しを作ったなんて言われるのは癪《しゃく》だか…ら」

「返済期限は明日の夜、ですか…」

ぼそりと中原が呟く。そして。

「…分かりました。あの男のように、あなたを買うことにしましょう」

(…っ!?)

「……え…?」

呆然と、頭上にある顔を見上げた。

(え…?　今、何を…?)

「この料金ですからね。返済期限まではあと一日、ですか」

独り言のように、中原が言った。

「期限は一日、それでいいですか?」

息を詰めたまま、中原の表情を見上げる。

頭がくらくらする。

一日、彼は何を言った…?

自分の挑発を、呑むと…?

正常な思考が取り戻せない。

思わず…コクリ、と梓は頷いていた。

「商談成立ですね」

本当に、中原は自分を…?

そんな真似ができるのだろうか、彼が。

「…あなたの一日を、買わせていただきますよ」

言いながら、中原の身体がゆっくりと梓に覆いかぶさってくる。

その言葉を、どこか遠いもののように、梓は聞いていた。


「今日一日、あなたはすべて私に従うんですよ」

金で買われた者の務めを、示唆《しさ》される。

シャツをはだけられ、ズボンを剥ぎ取られた時、内腿に触れる空気に「あ…」と声を上げた。太腿に掌が触れ、ざわりとわななくような戦慄《せんりつ》が走った。

「や、…」

掌を退《ど》けようとしてしまえば、中原がその手に対して詰《なじ》る。

「何が嫌なんです？　あなたは金を払った者に従うんでしょう？　それが小林ではなく私に代わっただけで、金を払った者に好きにさせると言ったじゃないですか。私は金を払った、だからあなたは私に従わなければいけないんですよ」

言われて、梓は抵抗を躊躇する。

「…綺麗な肌ですね」

掌が肌を撫で回す。

「う…」

気色悪さに眉をしかめてしまう。

「こんな程度で眉をしかめていてどうするんです？　金のためなら抱かれてもいいと言ったときの、あなたの勢いはどうしたんです？」

くっ…っと歯を嚙み締めて、肌に走る感覚を耐える。

「歯を嚙み締めていないで、もっと素直に感じようとしたらどうです？」

無理な注文を中原はつける。

「やっぱり、卑しさが出るな。金で…っ、人を買うなんて」

こんな男を買うような真似が、中原にできるとは思わなかった。

「…あなたがそうさせたくせに」

苦しげな吐息を、中原が洩らした。

「こういう世界があるんですよ。あなたは知らないのでしょうけれど」

まるで買われるように奉公に上がった中原…。郷里では貧しい子女の行末を、幾つも見てきたのかもしれない。

大きな掌が、梓の性器を包み込み、いやらしげな動きで揉む。

「う…」

(なに、これ…)

途端に走った感触に、戸惑うように目を見開けば、そんな梓の反応を中原は哂《わら》った。

「よくそんな程度の経験で、身体を開くなどと豪語《ごうご》できたものですね」

幼い自分の反応を揶揄《やゆ》されて、か…っと梓の頭に血が昇った。

「なに、を…あっ」

身を捩《よじ》ろうとすれば、肉根を摑み取られる。

弱い部分を握られていては、逆らうことはできない。

抗《あらが》う素振りを見せるほどに、罰を与えるように握られた部分を扱《しご》かれる。茎《くき》だけではなく先端に爪を立てられるやり方に、怯《おび》えて縮こまっていた梓の性器が、膨らみ始める。

「ここ、いいんですか?」

他人に性器を愛撫されたことのない梓にとって、中原のやり方は強烈すぎた。

大切にされてきて、いつも送迎をつけられてきた梓には、外で遊んだ経験もない。

身体を投げ出したものの嫌々ながらといった表情を浮かべる梓を、中原は早急に追い上げようとする。

他人の愛撫に自ら嬌声《きょうせい》を洩らしてしまえば、言い訳もできない。

「あ、や、あ…」

剝かれた性器への直の刺激に、梓は切ない吐息を洩らした。厳しい表情しか向けることのなかった瞳が、弱々しく歪められる。

梓の性器は次第に熱い蜜《みつ》を零《こぼ》し始めた…。

「せっかく大金を出して買ったんです。せいぜい楽しませてもらいますよ」

熱い蜜を零す陰茎の根元に、支えるように指が添えられる。

「このままじゃ、私を楽しませることはできませんよ」

拙い態度を咎《とが》められる。

舌先で蜜ごと舐め取ると、口腔《こうこう》に梓の性器を招き入れた。

「や、やめて…っ！」

梓は目を見開きながら、甲高い悲鳴を上げた。

「あう…っ、い、いやだ…っ」

ねっとりとした舌が、茎に絡《から》みつく。中原は躊躇なく、とろりと溢れ出す蜜を存分に啜《すす》った。

他人の口腔に性器を舐め取られる快感は、狂おしいほどの懊悩《おうのう》に、梓を貶《おとし》めた。

「あ、あぁ、だ、めだ…やめ、やめ…っ」

男の口腔から逃げ出そうとする腰を引き戻され、さらに深く固くなった芯を咥《くわ》えられる。

尖らせた舌で裏筋に沿って舐め上げられ、みっともなく蜜を溢れ出す先端にも突き立てられる。

膨らむ陰嚢《いんのう》にまで、中原は舌を這わせた。股間に息づく他人の触れたことのない部分すべてを、中原はしゃぶり尽くした。

薄桃色の陰茎は既に、男に味わい尽くされた陵辱《りょうじょく》の色に、染まりきっている。

全身の血が、下肢に集まっているような気がした。

「も、あ、あ…」

梓の零した蜜液が、中原の絡ませた唾液《だえき》とともに滴《したた》り落ちる。ぐっしょりと濡れそぼった性器のどこにも、中原の触れていない部分などない。

「可愛らしい声ですね。反応も。藤の花のように美しいですよ、あなたの身体は」

先走りの露を啜《すす》りながら、中原は言った。

そう言って、中原は梓の性器を隅々《すみずみ》まで味わった。まるで、蜜を滴らせる花弁を味わうかのように。

「ひ、…っ、あ」

固く反《そ》り返った梓の分身は男の巧《たく》みな口淫《こういん》の前に、淫《みだ》らな果実に成り果てる。

「あ、ん…あ…」

次第に腰がくねり出し、淫らな動きで分身を中原の口腔に突き上げてしまう。苛《いじ》められ続けた梓の性器は限界を訴える。

解放を訴えればず…っ、ず…っ、と先端を吸い上げられ、放出を促される。

「ん…っ」

下肢が蕩《とろ》けそうなほどの懊悩に襲われ、たまらず梓は白濁《はくだく》を吹き上げてしまう。

「ああ…っ」

虚《うつ》ろな目をしながら、放出の余韻《よいん》を味わう。

中原が蜜に濡れそぼる勃起《ぼっき》に息を吹きかける。

「んっ…」

それだけの愛撫にすら梓は反応し、咽喉を仰《の》け反らせた。

そして、梓の懇願《こんがん》を引き出すように、根元を締めつけたまま、再び放出の要求に懊悩する勃起を口腔に含む。

(もう…あ…また…)

中原に含まれている部分から、ちゅく…と淫らがましい音が洩れた。あらたに滲み出す蜜液を、わざと音を立てて吸い尽くされる。

激しい疼《うず》きが身体の奥底から込み上げ、どうにかなってしまいそうだった。こんな激しい快楽を、自分は知らない。

中原は激しく吸い上げては、柔らかく蜜を舐め取ったりした。緩急《かんきゅう》をつけて繰り返される愛撫に、梓は狂おしいほどの快楽を味わう。

蜜を吸いながら、中原は梓の幹を擦り上げるのを忘れなかった。

何度も梓ばかり絶頂を強要される。

達したばかりの陰茎を扱かれながら、再び放出を促される…。足を開きいやらしく腰をくねらせながら、梓は達った。

「あっ、あ、あぁー……」

男の口の中に、激しく淫液を叩きつければ、目が眩むほどの充足感が訪れる。

熱い飛沫《ひまつ》を中原の口腔に迸らせてしまっても、気にならなかった。

放出はすぐには終わらなかった。せり上がる衝動とともに、小刻みな放出が続く。

熱い淫液を吐き出し達《い》き続ける性器を中原は口腔に含んだまま、放出をすべて飲み干した。梓が男に放った初めての蜜を、味わい尽くそうとする。

「あ、あ…っ、や、あ」

口腔から零れ落ちるものをもったいないとばかりに、存分に啜り尽くしてから、やっと中原は陰茎から口唇を離した。

「は…ぁ…」

肩で浅く息をつきながら、胸を上下させる梓の耳に、中原が最後の一滴を飲み干す音が聞こえた。

ゴクリ…淫らがましい音と共に、男らしい咽喉元が嚥下《えんか》する。

(…あ…)

嬲《なぶ》られるまま、射精し続ける股間を存分に男の口腔に差し出す…。

その音に煽られて、絞り尽くされたと思っていた先端から、じわりとわずかな蜜が浮かんだ。零すまいと中原は再び口唇を寄せ、粗相《そそう》をし続ける残滓《ざんし》を舐め取った。

「…ずいぶん、あっけないものですね」

梓の蜜壺《みつつぼ》から淫液が出なくなるのを見届けてから、中原は茎から掌を離した。

放ったものはすべて中原に飲み込まれ、梓の陰茎を濡れそぼるように彩《いろど》るのは、絡みついた中原の唾液だけだ。

激しすぎる放出の余韻に身を委《ゆだ》ねていれば、抵抗の意志を忘れそうになる。力が抜けきった下肢は酷く重く、もう身動きすら取れない。

たっぷりと滴らせた蜜を指に塗り込め、中原は後孔に突き立てた。

「な、やめ…」

物心ついてから誰にも見せたことのない部分に、他人が指を埋めている。

信じられない行為に、梓の咽喉が引き攣《つ》る。

中原は広げた指の間に、躊躇なく顔を埋めていく…。

「あ…そんな、こと…」

唾液を滴らせた舌先が、梓の後孔を突いた。開かれた指の狭間に、唾液を塗り込められる。

じん…と強烈な疼きが込み上げた。信じられない部分を暴《あば》かれているというのに、梓の身体に浮かぶのは、紛れもない激しい疼きだった。

情欲を植えつけられ、熱く燃え立たされた身体は、無体な行為を仕向けられても、すべてを快楽に変える。身体の奥に吐き出せない熱が渦巻き、荒れ狂う波となって梓を襲う。

自分が変わっていく。この男によって。

蕾は潤《うるお》いを与えられるたびに、淫らな動きで収縮し、舌と指先を締めつける。

「あ、やぁ…あ、あ、ん…」

男にどの部分を舐められているのかと思えば、恥ずかしさに身体が打ち震える。

「まだですよ。私を楽しませるのは…これからです」

露骨な言葉で嬲られ、梓は青ざめる。

骨太の掌が、梓の膝に掛かった。狭間には勃起しきった男の塊がある。その迫力と逞しさに、梓は息を呑んだ。

中原が上体を起こす。灼熱《しゃくねつ》の塊が、蕩かされた秘孔に当たった。

「刻みつけてあげますよ。あなたに…男に抱かれることを」

…中原のことを。

一番大切な部分で、中原の形を覚えることを。

「は…っ、ああっ！」

貫《つらぬ》かれる衝撃に梓は啼《な》いた。

「は、あ、ん…っ」

どれほどたっぷりと潤いを与えられ解《ほぐ》されていたとしても、貫かれる衝撃はすさまじい。

割り開かれる圧迫感に、梓は喘《あえ》いだ。

ちらりと見えた中原のものは、梓のものとは比較にならないほどに大きかった。

それが、自分の体内に埋め込まれているのだ。

だが引き裂かれる痛みよりも、熱く潤みきった肉を抉られる快楽のほうが勝った。痛みは、熱く痒いじれったい疼きにすべて変わる。もっと激しく突いて欲しい、そんな願いが生まれた。男であるのが嫌になるほどの、熱を味わわされる。

「あ、ああ…っ」

「ぬ、抜いて…」

狂おしいほどの疼きと快楽が、中原を飲み込んだ部分から込み上げる。

「だめですよ」

初めて男を受け入れた痛みより、快楽に堕ちていく自分のほうがおそろしい。

「…っ」

懇願は瞬時に拒否される。

「まだ夜は始まったばかりです」

「……ん…」

少しばかり、気を失っていたらしい。

水を口に含まされ、咽喉を伝《つた》う冷たさが心地好くて、それをすべて飲み干す。

こくこくと素直に飲み下す梓の様子を、可愛らしいものを見るように見つめながら、中原は再び梓に口唇をつけた。梓が望むだけ、水を与えてくれるつもりらしかった。

水が欲しくて、何度も与えてくれるものを梓はねだる。既に水を与え続けるものの正体が中原の口唇だという自覚は、梓にはなかった。

可愛らしい仕草で口唇を求める梓に、中原はしっとりと口唇を重ねた。

冷たい水を飲み干し、渇きを潤した後、自分に水を与えるものが中原の口唇だということに気付き、梓ははっと表情を強張らせた。

「や…っ」

先ほどの素直な様子が嘘のように振り払えば、中原は表情もなく口唇を離した。

途端に目に入ってきた中原の顔に、自分の置かれた状況を知る。

「まだ、ですよ」

言いながら、中原が腰を揺すった。

「…あ」

すぐに洩れる声の甘さに、梓は狼狽《ろうばい》する。

中原が入っていた。

熱杭を入れられ、腰を突き入れられ洩らす自分の声の甘さにも、梓はうろたえてしまう。媚びるような甘さを、嬌声は含んでいた。

そうしたのは、中原だ。

最初は気色悪さに背を戦慄かせたものの、今はこうして中原の掌が肌の上を這うたび、歓喜に染まった声を洩らしてしまうようになった。

「いい声ですね。とても可愛らしい」

含んだように中原は哂った。

「前から思ってましたよ。あなたが男に抱かれて、どんな声を洩らすのかって…」

「前から…？　そんな…」

「強気な瞳がどんな風に男の身体の下で弱々しくなるのかも、ね」

「あ…っ」

胡坐《あぐら》をかいて座る中原の上に、梓は乗せられていた。狭間にはもちろん、中原の肉杭を挟み込まされている。梓の身体が逃げられないよう、背後から羽交い絞めするように中原は抱き締めていた。

「たった一日しかないんですから。…とことん相手をしてもらいますよ」

中原は再び、腰の動きを速めた。

「あ、あああ…っ」

梓はしなやかな背を仰け反らせ、楔の蹂躙に耐える。

肉杭によって強制的に熟《う》れさせられた蕾《つぼみ》は、突き上げられた刺激をすべて、快楽に変えていた。

涙で潤む視界に、薄暗い部屋が見える。外はまだ夜の気配を湛え、夜明けまでにはほど遠い。もうとっくに朝を迎えてもいいはずなのに。

梓の身体を組み伏せてからずっと、食事も取らずに中原は梓の身体を抱き続ける。たまに梓が意識を失えば、中原は水を与え、意識を無理やり引き戻し、抱く。わずかな時間も惜しい、たった一日しかないとばかりに、中原は梓を責め続ける。

なぜこれ程に、自分の身体に執着するのか。

「ここ…もう私の形になってる」

突き上げながら、梓の中を確かめるように、中原は腰を蠢《うごめ》かせた。

「あ…っ」

昼から責め続けられ、日は陰り、既に深夜。

挿入されっぱなしで責められ、梓の秘められた部分は既に、中原のものに吸いつくような動きをみせるまでになった。

「たった一日でこんなになるなんて、覚えが早いですね」

「お前が…っ」

そうするから。

「私が、…何です?」

「あああ…っ」

詰る言葉はすぐに嬌声に変わる。

獣のように、獰猛《どうもう》に追い求められる。

そして、本当に朝まで梓は喘ぎ続けた。

狂おしいほどに強く求められ、身体中をすべて、中原によって埋め尽くされていく。


夕刻、銀行の担当者と、屋敷に戻ってきた父に、梓は中原の用意した金を渡した。

中原がどうやって金を用意したのかは、いくら訊ねられても、梓にも分からなかった。

朝を迎え、たった一人布団の上で梓は目覚めた。中原の姿はなかった。

そしてそれきり、中原は梓の元から姿を消した。

(なんで、僕にあんなことを)


中原が消えた夜、布団の上で膝を抱えながら、梓は泣いた。

中原のために涙を零しているとは、思いたくはなかった。

彼に二度と会えないのだと思えば、胸に鬱々《うつうつ》とした寂寥《せきりょう》が広がる。

金で、彼に買われたのに。

だが、恨む気持ちよりも、…それよりも。

二度と会えないことの方が寂しい…なんて。認めたくはない。


(…どうして…)

中原のことを考えながら、梓は涙を零す。

「…違う」


梓は自分に言い聞かせるように呟《つぶや》く。

この涙は身体を思うままに弄《もてあそ》んだ彼が憎いからだ。悔しいからだ。

負けたくない。あの男に。そう思っていた。

彼がそばにいて苦しかったのは、下男だけれども優秀な彼を、世間体を気にして人前で素直に褒められない自分の弱さを思い知らされるから。

本当は告げたかった。優しくしたかった。

周囲に比較される立場ではなく、ただの友人として出会えば素直に尊敬を告げられただろうに。

伝えられなかった言葉を嗚咽と共に梓は飲み込む。

『刻みつけてあげますよ』

本当に中原に刻みつけられてしまった。

たった一晩の内に。

最後まで、自分は中原には敵わなかった…。

ただ、姿を消したことも、身体を金で買ったことも、どちらも。

絶対に許せない。

絶対に。

そう思った。

花闇の章

「今の時勢、仕方がないですよ」

従業員は諦めたように、梓に声を掛ける。

「どう頑張ったって、この政府の状況じゃ、難しいですよ。俺たちの努力じゃどうにもなりません」

梓の努力不足ではない、世情によるものだと、従業員は梓を慰《なぐさ》める。

中原が梓の元を去ってから三年の月日が経っていた。

あれから、梓は大学を中退し、雪下商会に入社した。

金を持ち逃げした会計は見つかったものの、金はあらかた使ってしまっていて、借金の補填《ほてん》に役に立ちはしなかった。

その代わり、雪下商会を救ったのは、中原の用意した金だった。当座の困難を乗り越え、雪下商会は業績を盛り返した。

梓は探すつもりもなかったが、父は独自に探していたらしい。けれど、噂すら聞こえてはこなかった。その間、中原がどうなったのか、一度も梓の耳に入ってくることはなかった。ぷっつりと、中原の消息は途絶えた。

そして、父は今の業績を見ることなく、世を去った。

めまぐるしく変わる社会、災害と不況、為替《かわせ》の転換、と政府の方針についていけず、かなりの会社が経営難に晒《さら》されている。

それは、雪下商会といえども、無関係ではなかった。経営不振に喘ぎ、再び倒産の危機を迎えていた。

三年前は会計の金の持ち逃げという、人為的な出来事だったが、今度は、時代の波に呑まれての経営不振だ。不況の煽りを食って、経営は立ち行かなくなっている。

「梓さま、ご実家も抵当《ていとう》に入れられたとか…」

「ああ、買い手がついたらしい。元々父亡き後、僕一人では大きすぎて管理が行き届かないことも多かったから。逆に身軽になるいい機会だと思っているよ」

「梓さま…」

従業員が心から済まなそうに頭を下げる。

今度は勤める人間の生活を考えなければならない。

今でも思う。

あの時、中原の金がなかったら、どうなっていたかと…。

今度は、中原はいない。

中原は一体どこから金を調達してきたのか。

その結果、自分は中原に身体を売った。一晩、自分の身体を好きにしてもいいという契約を結んだ。金と引き換えに得た、狂おしいほどの快楽。

中原は自分の身体に圧し掛かってきて、灼熱の塊で貫き、何度も梓を征服した。

自分にそんな過去があることを、周囲の人間は知らない。

今、雪下商会に残っている従業員たちは、苦しい時を一緒に過ごしてきた人たちだ。

何とかしなければならない。簡単に潰《つぶ》すわけには。

そう思っている時に、雪下商会に融資してくれる人物がいるという。


「…木田《きだ》貿易…？」

「そうです」

自宅の応接室で、梓は自分の会社に融資してくれるという人間の使いに、対峙《たいじ》していた。

一重の黒の着物の上に羽織をはおって畏まった姿で臨む。

最近、その名前は仕事上よく聞くようになっていた。

港湾の人足を取りまとめるところから出発し、今はカフェーや貿易事業に手を広げ、勢いを伸ばしている。

だが、悪い噂も聞く。

強引すぎる手法を取って、同業者から仕事を奪ったり、役人への袖《そで》の下の額が半端《はんぱ》ではないとか。

最初は伸びる会社の足を引っ張る流言《りゅうげん》かとも思ったが、背後にある繋《つな》がりを知り、現在では木田貿易に楯突《たてつ》く人間はいない。

木田貿易の背後には、木田組というならず者がついているらしい。主要な役職は、組の人間が占めている。社長は中年の男で、街中で部下が組長と呼びかけていたのを聞いたと、梓も従業員から聞いていた。副社長のことは若頭、と。

「そこの副社長が、雪下商会に融資したいと…」

副社長なんて気取ってはいるが、要は組の二番目ということだ。どうして雪下商会が目をつけられたのかは分からない。けれど、逆らうのは得策ではない。

「あなたの会社を、買ってくれる人です」

入ってきた人物を見て、梓の表情が凍りつく。

そこには、中原が立っていた。

「金の話をする前に、ご焼香《しょうこう》をさせてください」

梓は目を見張った。

「中原⁉　まさかお前が⁉」

「こちらの方をご存知なんですか？　木田貿易の副社長です」

使いが不審気に眉を寄せながら、現れた男を紹介するための口上を述《の》べる。

まさか…中原が…。木田組の二番目…？。

そんな、ことが。

梓の顔から、血の気が引いていく。

首筋の裏を、血が引いていく音が、聞こえるような気がした。

威風堂々《いふうどうどう》とした男になって、中原は梓の前に戻ってきた。

中原は立派な身なりをしていた。

びしっとした三つ揃いを着こなしている中原が、山高帽《やまたかぼう》を脱ぐ。

男らしい筋骨《きんこつ》隆々《りゅうりゅう》とした姿、それは全国に勢力を広げる木田組の若頭《わかがしら》の姿として相応《ふさわ》しい…。

「さっさと出て行け」

奥の間に通し、焼香を終えたばかりの中原に、梓は言った。

なんでこの男が、自分の前に再び現れたのか。しかも、今度は唯一、今の自分の会社を救う人間として。

周囲に融資を断られて困ると、中原は現れる。

まだ、頭が混乱している。

焼香の間、広い背を見つめながら、梓はずっと考えていた。

本当は聞きたいことが色々あった。今まで何をしていたのか、とか、どうして木田組に入ったのか、とか。彼は優秀で学問にも秀《ひ》いで、本来なら裏の世界に身を置くような人間ではなかった。

「帰っていいんですか？」

「何？」

中原は不敵な笑みを浮かべた。その態度は酷く、ふてぶてしい。

梓は驚く。

こんな人間だったろうか、中原は。

「一応、融資する者として、あなたの会社の状況を、軽く調べさせてもらいました。あなたは俺が融資しなければどうにもならない、そうでしたよね？」

今は、中原のほうが自分よりも優位に立てる条件を揃えている。

く…っと梓は口唇を噛む。

だから、下げたくもない頭を下げたのだ。

本来なら、こんな立場の人間の出入りなど、許しはしない。

すべて、会社のため…。

自分が身体を売ってまで守った会社を、なくしたくはなかったから。

「なのに、俺を帰してもいいんですか？　俺以外、この会社を買う人間はいないのでしょう？」

最後の頼みの綱として招き入れた人間が、まさか中原だったとは…！

「お前だと知っていたら、…呼びはしなかった」

汚らわしいものを見る目つきで、梓は中原を睨んだ。

「勝手な真似を。ずるい奴だ、お前は。いつだって」

「いつだって？　昔のことを言っているんですか？」

中原が片眉をそびやかす。

思い出したくもない過去を告げられ、梓の頬にかっと朱が走る。

「金がないからって、またあなたは他の男に足を開くつもりだったんですか?」

「やめろ……!」

聞きたくもないことを無理やり告げられ、両手で耳を塞《ふさ》いだ。

「……下がりなさい」

今までに聞いたこともない命令口調で、中原が言った。

「は…っ」

すぐに使いは頭を下げると、部屋を出て行く。

室内に二人きり、胸が妖《あや》しくざわめく。

いつかと、同じ状況だ。

ニヤリ、と中原は口の端を上げてみせた。

「そういえば、あなたは俺に触れられるのも嫌なんでしたっけね」

昔を思い出すように中原が言った。枝に引っ掛かった凧を取ろうとして木から落ちそうになって、助けてくれた腕を梓は振り払った。

この家で、以前を思い出していたのは、中原も同じだったらしい。

「昔からずっと嫌って、嫌って。そういえば、ゴミとか、そんなふうにもおっしゃってましたっけ」

違う。

誤解だ。蔑んでなんていない。

「借りを作るのが嫌で、身を投げ出すことまでして」

中原は立ち上がると、梓を見下ろす。

今の自分の立場を見せつけられたような気がした。

「今度も、俺はあなたに融資しますよ。もちろん、借りを作りたくないというのなら、以前みたいに身体で払ってくださってかまいません」

「な…っ」

梓は絶句する。

「だ、れが、…っ」

今度こそ、絶対にそれだけはすまいと、梓は思った。

三年前の一夜、あの時は色々な衝撃が重なって、自分はどうかしていたのだ。混乱しきった頭のまま、他に方法が分からなかった自分を抱くことは、中原にとっては容易いものだったに違いない。

今は昔とは違う。

「お前になど借りなくても、他に…」

「あてがあるのですか？　本当に？」

問われ、梓はぐうと詰まる。

中原はとうにこちらの状態を調べているのだろう。その上で、中原に会わなければならなかった今の状況を知っているはずだ。

そうして、梓の元にきた。

「心配しなくても、ちゃんと金は支払いますよ。何の担保もないあなたに融資するなんて酔狂《すいきよう》な人間は、俺以外にはいないでしょうから」

「お前に金を出してもらうくらいなら、潰してもかまわない…！」

「潰してもかまいませんが、あなたは負債を抱えてる。借金なしの倒産じゃない。その返済をどうしていくつもりです？」

頑なに中原の融資を拒み続ける梓の手首を、中原は握った。

「何する…っ」

胸元に引き寄せられる。強く抱き寄せられ、梓は焦った。

（また同じ事が…？）

信じられない。

「たっぷりと金は払ってあげますよ。ただし…あなたが俺に足を開けば、です」

卑劣な物言いに、梓の身体が凍った。

強引なやり口を取って、次々に貿易会社を潰し、また吸収してのし上がってきた木田貿易、その手法そのままの、強引さだった。

「お前なんかに…！」

過去を思い出す。

自分を抱いた後、捨てるように中原はいなくなった。用は済んだとばかりに。

ありったけの恥辱《ちじょく》を味わわされ、梓は泣いた。絞り尽くされ、最後のほうは出ないものの代わりに熱い涙を零した。

絶対に、抱かれたくはない、もう。

中原には。中原にだけは。

「離せ…っ」

中原の腕に力がこもる。梓の身体を床に押し倒すように動き、梓はもがいた。

「どうして抵抗するんです？　あなたは金を持っている者に抱かれるんでしょう？」

遠い昔の言葉を取って、中原が告げる。

中原に言っただけで、本当はそのつもりはなかった。

「お前にだけは…抱かれたくはない…！」

そう告げれば、中原は不敵に笑う。けれど、目にはわずかな苦味が走ったような気がした。

「あ…っ！」

乱暴に床に押し倒される。上から手首を床に貼りつけるように押さえつけられる。

「…それは承知できない相談ですね」

睨みつける梓よりもずっと、鋭い目つきで中原が見下ろす。

「逃げられませんよ。この商会の買収は、実はとっくに済んでいます。もちろん、あなた込みの値段でね」

「な…っ」

「ゴミ、と…。そこまで蔑んでいた相手に、今度はこうして金で抱かれるのはどうですか？」

中原の言葉が梓の胸を抉る。

「金を持ってれば何でも手に入る。奉公人でも、昔仕えていた侯爵様のご子息を、こうして、金で買うこともね」

淫靡《いんび》な快楽の記憶が蘇る。

梓が詰った言葉そのままに、今度は中原が梓を言葉で嬲る。

「踏み倒しますか？　俺の手下が追いかけて、死ぬまであなたを追い詰めますよ」

恐ろしげな物言いに、胸が震えた。

権力に怯えているように思われたくはなかったけれど。

凄味《すごみ》のある目つき。

多分、中原が今身を置いているのはそういう世界だ。その目つきを見ただけで、逆らうことはできないと思い知らされる…。

「踏み倒す、そんな貴族の尊厳を貶めるやり方は、あなたが一番嫌うやり方でしたっけね。それをあなたはされるんですか？」

施しは受けないと、梓は言った。たとえ他人に身体を売るようなことになっても、ただで使用人から金を受け取ることはできないと。

「うるさ…っ」

「もちろん、あなたを俺は逃がしはしませんよ。せっかくの高い買い物だ。何もせずに手放すなんて、もったいないですからね。もう、あなたに、拒絶する権利はないんです。それともあなたには、自分を買い戻す金があると言うんですか？」

頭上から、宣言される。

「買い戻してみますか？　それでもいいですよ。こうして…あなたの身体を抱くごとに、借金を減らしてあげてもいい。その代わり、あなたが俺に足を開くのが条件です。あなたにとっては稼ぐ一番いい方法でしょう。何ができるわけでもない、あなたにはね」

自分の今の立場を揶揄される。

「これ以上いい収入の口はありませんよ。あなたはただ男の上に跨《また》がって、喘いで、気持ちのいいことをされるだけで、お金が入ってくるんですから」

それ以外に方法はないのだと…。

「…どうですか？」

く…っと梓は口唇を噛み締める。滲んだ血の味が、口腔に広がった。

噛み締めた口唇に、中原のものが重なる。

「ん…」

口づけによって、噛み締めを解かれる。

「前回は一夜。今度は…一夜では済ましませんよ。桁《けた》が違いますからね」

「ふざ、けるな…っ」

「あなたの一生を買えるくらいの値段ですね」

一晩では済まされないと、告げられる。

そして、中原の身体が梓に重なった。

指が中に沈み込んでいく。

鉤状《かぎじょう》に曲げられた指先がくい…っと中を抉ると、梓の股間の果実は膨らみ始めた。たっぷりと滴らせた油のせいで、内壁は易々と指を受け入れる。

「ん…っ」

鼻に掛かった吐息が零れた。それは淫らで、甘い。

梓の反応を見下ろした中原が、ふ…っと笑う気配がした。そして、気をよくしたように指を前後に揺すり始める。引き抜かれては強く中に根元まで押し戻される。それを何度も繰り返されると、下肢が砕《くだ》けそうになるほどの淫靡な疼きが込み上げるのだ。

異物感を通り越し、中原の与える愛撫は、しっかりと性感を煽るように刺激している。ぞくぞく…っと背に電流が流れるような感覚が走った。背を震わせれば、狭間で膨らみかけている果実も、いやらしく震えた。

中原は、梓のものが勃ち上がっていく様を、冷静に見下ろしている。

羞恥のあまり、眩暈《めまい》がした。

自分の身体の淫らな反応にも。

「ぁ、や…」

(なんで、こんな…)

男に孔を抉られて、腰が砕けそうになるほどの甘さを、感じているなんて。

下半身が、別の生き物になったみたいだ。

今の梓は、完全に下肢を中原に支配されていた。

自分の意志ではどうにもならない。ただ、中原の意図のままに、下肢を嬲られ続ける。

指の腹で何度も内壁を擦りつけられ、梓は下肢からひっきりなしに込み上げる甘い疼きに苦しめられる。

「…いいんでしょう? ここ、こうやって男に弄ってもらうの…」

「だ、れが…っ、あう…っ」

反発しようとすると、中を一際深く抉られた。

思わず悲鳴じみた嬌声を上げる。深い部分を抉られても、吐息には驚きだけではなく、充分に感じていることを知らせる響きがあった。

「気持ち、悪い…っだけだ、そんなの」

「そうですか？　前、触ってあげてないのに、充分勃《た》ち上がってるみたいですけど？」

指摘に、梓の顔が羞恥に染まる。

自分の身体はおかしいのだ。あんな…部分に指を入れられて、感じるなんて。

指の与える刺激から逃げようと、梓は腰を捩った。すると、逃げを打つ腰を引き戻され、ある部分を指の腹で何度も擦られる。

「ア…ッ、あァ…ッ」

腰を捩って逃げようとしても、執拗《しつよう》に同じ部分を摩擦《まさつ》される。そうされれば、その部分からは強い快楽が込み上げるのだ。何度も擦られて、中の肉がしっとりと、充血していくのが分かる。それは強い疼きをもたらし、梓は一層大きく肉茎を膨らませた。

「…逃げても、無駄ですよ」

腰をずらしてもずらしても、中原は執拗に梓の弱い部分を追いかけた。

「うぁ、あああ…ッ」

制裁のように同じ部分だけを責め続けられ、梓は獣じみた悲鳴を上げた。そこばかりを刺激されれば、ぞくん…と奥底から、淫靡な熱が這い上がる。

いまや梓の陰茎は充分に勃ち上がり、下腹を打つまでになっていた。

「どうです？　気持ちいいでしょう？　あなたはもうすぐここを、男のものに抉ってもらうんですよ」

言いながら、中原の指が中で開いた。しっかりと閉じていた蕾は、執拗に繰り返された行為に、柔軟《じゅうなん》に口を開いてみせた。

梓は後ろの孔を、男の勃起しきったもので貫かれる感覚を知っている。

それは酷い恥辱と屈辱を、梓に味わわせた。

意志を捻じ伏せられ、心も身体もすべてを、男の勃起に支配される。好きに扱われ、剛直《ごうちょく》で突き上げられ、女のように身体を打ち震わせ喘ぐのだ。

また、同じことが起こるのだろうか。

嫌だ。嫌だこんなのは。なのに、中は熱く疼き、もっと強い刺激を求め始めている…。

「う、ああ、やめ、ぬ、抜け…っ」

窄《すぼ》まりを広げたまま、中原は指を出入りさせた。そうされるとひっきりなしに強い疼きが奥から込み上げ、狂おしいほどの懊悩に貶められる。

『もうすぐここを、男のものに抉ってもらうんですよ』

中原の言葉が蘇る。

入れられてしまうのだろうか。また、あんなものを。

梓は自分のそこが、男の勃起しきったものを受け入れられることを、覚えている。

自分を抱き捨てた後、いきなり中原が姿を消してから、たまに、そこが疼くことがあった。けれども、そこを愛撫することは、自分にはできない。きつい中を男の剛直に無理やり押し広げられて、突き上げられたい…そんな危険な欲望が押し寄せることが何度もあった。たった一晩であっても、確実に中原によって、梓の身体は変えられてしまったのだ。自慰《じい》をしながら達しても、虚しい感触だけが残った。もっと深い快楽が欲しくて、たまらなくなる。

男に抱かれる快楽が忘れられないのだと思いたくはなかった。

クチュクチュとしゃぶるような音を立てていた指が、引き抜かれる。代わりに中原が梓の裾を割ると、ず…っと腰を押し当ててきた。

両脚を左右に大きく広げられれば、はらりと着物の裾が膝から零れ落ちた。日に当たらない滑らかな太腿が、目に痛いほどに白く、黒い着物の上に映える。

「…あ…」

羞恥に染まった吐息が零れた。

膝頭を閉じようとすれば、中原の指先が強く食い込み、再び大きく広げさせられる。

「素敵な格好ですね」

満足げに言いながら、中原が先端で梓の秘孔を突いた。

今の自分は中原の前でみっともなく両脚を広げ、その狭間に屹立《きつりつ》を押し当てられているのだ…。

男の前に、一番無防備な体位を晒す。

自分の支配者に服従を誓う、一番屈辱的な方法だった。男としての尊厳も何もかも売り渡し、征服者に身体を投げ出し、最奥を抉ってもらうのだ。自分でも触れられない内臓を抉られる恐怖に打ち震え、あられもない嬌声を上げ続け、中原を楽しませるのだ…。

「く…っ」

梓は瞳を歪めた。

「…欲しかったんでしょう?」

中原が前をくつろげる。

中原の下肢で存在を主張していた肉杭、それは梓の脚の間で天を仰ぐほどに成長し、赤黒く光りながら太さと逞しさを誇示していた。

思い出せば身体が竦む。恐怖から逃れようと、足袋を履いた足先が何度も畳を蹴った。

「あ、嫌…だ…っ。入れない、で…っ」

咽喉を仰け反らせながら訴える。けれどそれは許されるはずもなく…。

「今、入れてあげますよ」

中原は梓の拒絶を、許さなかった。

言いながら、中原が亀頭を蕾に潜り込ませた。

期待に太腿の内側が震え、入り口がヒクリと収縮した。

その様子を眺め、中原が目を細めた。そして梓の淫らな身体を嘲笑うように、先端を潜り込ませては入り口をぐりぐりと太い亀頭の部分で抉る。

充分に解されていた蕾はちゅ…っと音を立てて、まるで嬉しそうに肉杭に吸いつく。

「やめ、…ン、あ、ああァ…ッ!!」

拒絶の言葉を吐きながら腰を逃がすが、それは叶わなかった。

言葉は最後まで声にならない。ず…っと圧倒的な質感と圧迫感で、肉棒がめりこんでくる頃には、否定は嬌声に変わった。

入り口に吸いついていた時には可愛らしい水音だったのが、今やぐちゅ…っという肉の割り広げられる淫猥《いんわい》な音へと変化して、日本間に響き渡った。

「ひ、あ、あぅ、あぁァ…っ!」

口唇を噛み締め、身体を強張らせながら挿入の圧迫感に堪《た》える。

淫靡すぎるその行為には恐怖していたはずなのに、こうして貫かれると下肢に生じるのは気を失いそうになるほどの深い快楽だった。

身体が瞬時に燃えるように熱くなる。

それよりも熱いのは、中原の硬い肉杭だった。ずぶずぶと音を立てて、梓の中に侵入してくる。

（あ…）

雪のように白い肌…真っ白な太腿の狭間にある薄桃色の花を、赤黒い脈動に散らされる。

猛ったものは硬く膨らみ、自分を征服する欲に満ちている。

充分に解されていた媚肉《びにく》は、あれほど太いものだというのに、柔軟に開いて受け入れてみせた。押し広げられる痛みを感じるどころか、焦がれるほどに待ち望んでいたものが与えられる快楽は深く、全身を愉悦《ゆえつ》の波が襲った。

「や、め…ッ」

こめかみから汗が噴き出す。けれど、蹂躙は止まない。

「駄目です。自分がどういう存在なのか、自覚してもらいますよ」

中原は一層深く、腰を突き入れてくる。

「う…っ」

狭道をぎちぎちに埋め込まれる感覚に、梓は苦しさのあまり喘いだ。

（あ、こんな…っ）

梓は目を見開く。ただでさえ狭い器官を押し広げられているというのに、中で中原のものがますます大きく、硬くなるのだ。それは明らかに、梓の中に突き入れたことで、情欲を増した証《あか》しだった。

「久しぶりに味わいましたが…相変わらずいやらしい身体をしていますね。あなたの中はこうして、俺のものに吸いついてくる」

久しぶりだというのに、苦痛どころか快楽を感じている身体を詰られる。

下腹が当たった。

すると中原は自分の質感を馴染ませるように、一度大きく腰を揺すった。

「あぅ…ッ」

淫らな湿《しめ》った音がして、梓を喘がせた。

中原が動くたびに、淫猥な音がして、繋がっていることを梓に知らせる。

中原が…入っている。

恐れていたことが、再び自分の身に起こった。

またこうして、中原に犯されているのだ…。

犯された衝撃に身体を強張らせたままでいれば、中原が先端で最奥をぐりぐりと抉った。

下肢が蕩けそうになる。含まされた部分からすさまじい快楽が生じ、前に響いた。

梓の性器もまた、限界まで反り返るほどに膨らんでいた。

分かっていて、中原が梓の弱い部分を突く。

自分では触れられなかった部分を、剛直に擦ってもらえる感覚は、壮絶だった。

「や、そこ、や、ぁ…っ！」

たまらず、梓は悲鳴を上げた。

自分では絶対に叶わなかった行為だ。そして何よりも深い快楽を、自分の身体に与える。

「あ、あ、あ…」

肉杭を含み体軀を震わせる梓の反応に目を細めると、中原は腰を小刻みに揺すり上げた。

腰の動きに合わせて、梓は断続的な嬌声を上げる。中原が突き上げるたびに、悲鳴が洩れる。自分たちが繋がっている証拠だ。

「早く、俺をここで楽しませるようになってください」

感じることに翻弄されるばかりの梓には、酷な命令だった。

自分にできるのだろうか、そんな…ことが。

「自分で腰を振って締めつけて、俺を達かせることができるようにね」

元々、男を受け入れる部分ではなかった器官に、男を捻じ込まれる。

そして男を楽しませる、淫らな性器に強引に作り変えられる。…中原に。

男なのに、後孔で…男を楽しませることができるなんて、とても思えなかった。

「今はまだ無理かもしれませんが、そのうち、ここに入れられただけで、達するように躾《しつ》けてあげますよ」

中原が腰の動きを速めた。

充血しきった柔肉を硬いもので擦られる感覚は、壮絶だった。

「あ、あ…」

襟が割られる。露《あら》わになった首筋に、中原の口唇が落される。鎖骨に向って口唇が滑り降り、梓はぞくりと肌を戦慄かせた。

後ろに入れられながら肌に口唇を滑らされると、自分が女になったような感覚を覚えた。

「は、む、ン…ッ！」

後ろを突き上げられ、肌を中原の愛撫の手に委ねながら、鼻に掛かった甘い吐息を洩らす。粘膜が肉杭に絡みつくたび、たまらない愉悦が身体の奥底から込み上げ、先端から蜜が溢れ出すほどに、今の自分は感じていた。

後ろに入れられて、先走りの露《つゆ》を零している。

入れられただけで、射精するようになってしまうのだろうか。

「自分がいい部分を探してごらんなさい…」

で。

そのうち、着物がすべて解かれ、畳の上に零れ落ちた。残されたのは足を覆う足袋《たび》だけ
障子《しょうじ》から洩れる薄明かりの中、白い咽喉が反らされる。

「あ、ぅ…っ！」

思わず腰を捻ってしまえば、中原はその部分を突いた。

責め立てる言葉すら、甘美な誘惑に変わる。

「あ…」


心もとない姿のまま、梓は中原に犯され続ける。湿った音が畳の上でいつまでも、響いていた。

「忘れられるはずがないんですよ。俺がそうしたんですから」

たった一日、あの一日のせいで、自分の身体は作り変えられてしまった。

精一杯の拒絶を、甘い悦楽で中原は封じ込める。

「逃げたりしたら、死ぬまで追いかけますよ。ああ、ただで施しをもらうのは、許せないんでしたっけね」

梓の言葉を、何度も中原が詰る。

「あなたは借りがあるのに、逃げ出すような無責任な真似はできないでしょう？　それが

何よりのあなたの貴族としての誇りなんですから」

逃げ出すことができないよう、中原が言葉で梓を絡め取っていく。


翌日。

梓が目覚めたのは夕刻近かった。

(か、会社は…っ!?)

布団を跳ね除けて起き上がると、気配に気付いたのか、す…っと音もなく障子が開く。

見覚えのない部屋だった。

「お目覚めですか?」

廊下に膝をついたままの姿勢の女中の脇には、食事が載った盆《ぼん》が置かれていた。

「ここは?」

「中原さまの本宅です」

訊ねれば、隠すつもりはないのか、女中が答える。

「ご主人様が、起こさず休ませておくようにと、おっしゃったので遅くなりましたが…お食事を」

女中は無駄口を叩かずに出て行く。

気を失っている間に、連れてこられたのだろうか。

板戸のを開けると、見慣れぬ中庭の風景が目に飛び込んでくる。

勝手な真似を…！

「く…っ」

握り締めた拳で、勢いよく板戸を叩く。壊れそうなくらい木が撓《たわ》んだが、中原の家が壊れてもどうでもよかった。

その拍子に、下肢にとろりとした感触が零れ落ちる。

放たれた残滓《ざんし》だということに気付き、身体が震えた。

また、あの男から自分は逃げられなかったのだ…。

悔しさと、いいように身体を扱われた情けなさに、目の前が暗くなる。


『一夜では済ましはしない』

その言葉どおり、夜になると中原が離れへとやってきた。
久しぶりに男を受け入れた身体は重く、梓はずっと布団に身を横たえていた。
自分を家から連れ出したのも、逃げ出さないよう見張るためだろうか。
そして、高い買い物を存分にしゃぶり尽くすため。
「お帰りなさいませ、ご主人様」
部屋の外で数人の足音が聞こえる。
抱かれて起き上がれなかったなどと、思われたくはない。
勝手なことをするなと抗議したい気持ちもあり、梓は痛む身体を必死で起こした。
せめて、一度でも殴ってやらなければ気が済まない。
外ではぼそぼそと話し声がする。
（中原……！）
勢いよく障子を開けて…、そこには、中原ともう一人の姿があった。
その男の名を、梓は覚えている。
（南……！）
中原と同時期に働いていた奉公人だ。
あいつも、中原の元にいたのか。

それが…。

梓を見ると、南は気まずげにふ…っと目を逸らした。

(…っ)

慌てて、梓は障子の影に身を隠す。

なぜ、自分が南を見て身体を隠さなければならないのか…。

ぎゅ、と梓は袖口を摑んだ。

そしては…っとなる。

一日中身を横たえていたから、自分は夜着のままだ。それも胸元は淫らにはだけ、床に零れ落ちそうなのを腰紐《こしひも》で支えているだけのものだ。

かぁ…っと頰に血が昇った。

今の姿を、見られただろうか。

それは、自分がどんな行為を受けたのか、想像するに容易い。

知られた…っ?

ここは中原の家、で…。

昔の自分を知る人間に、今の自分の姿を見られるのは、何より屈辱的なことだった。

梓の背後にす…っと影が差す。背後から梓の身体を抱き寄せる。

「あ…っ！」

廊下を見やるが、話を終えたのか南の姿はなかった。

「きちんと待ってましたね。どちらにせよ、あなたが逃げ出せるとは思いませんでしたが」

身体を痛めつけられ、今日一日、動くこともできなかった。逃げることを、考える間もなかった。

「さあ、…あなたの務めを果たしてもらいましょうか？」


中原が梓を本宅の離れに閉じ込め、通うようになってから、一週間が経った。

囲われる。

自分の立場はまさに、そういう扱いに相応しいものだった。

豪奢な屋敷だった。広さも充分過ぎるほどだ。居住するための本邸があり、そして…自分を閉じ込める離れがあるくらいには。

夜毎離れに中原が通い、梓の身体を変えていく。

今日も、中原はやってくるなり、梓の身体を組み敷いた。

最初はまだ、抵抗する気力が残っていた。

すると、中原は趣向を変えた。

そして今、梓の両腕は背で一括《ひとくく》りにされている。

「仕事、は…？」

雪下商会のことが、心配だった。

「どうぞご心配なく。俺の部下がちゃんと利益を出していますよ。俺が買い取った以上、潰せば俺の不利益になるんですから。そんな話よりも…」

中原の指先が、梓の中に潜り込む。

「ん…っ」

梓はすぐに嬌声を上げた。

「もっと色っぽい話をして欲しいものですね」

「あ…っ」

中を抉られ、梓は切ない表情で眉を寄せる。腰紐を引き抜かれたせいで、梓の前ははだけてしまっている。

掌を這わせ易いとばかりに、中原はうつ伏せた梓の胸の突起を指で弄ぶ。背後から圧し掛かると、反対側の指を、中に沈み込ませた。

「ん、んん…っ」

「大分、柔らかくなってきましたね」

「やめ…っ、あ…っ」

中原はくちゅくちゅと音を立てて、内壁を抉った。

(あ……っ)

そうされると、たまらない愉悦が込み上げる。

胸を弄《いじ》られながら、後孔を指で穿《うが》たれる。

ぶる…っと梓は全身を震わせた。

前は弄ってはもらえない。男が感じるとは思えなかった部分だけを、こうして弄り続けられている。

(どうして…)

梓を困惑させるのは、中原がそれ以上、行為を深めたりはしないことだ。

再会してすぐ、梓は中原の酷なほどに激しい責めを受けて気を失った。

夕方まで起きられずにいれば、…それから毎日のように梓の身体を組み伏せるけれども、梓ばかりをこうして深く感じさせ、自らは挿入したりはしない。

それでも毎日のように後孔を弄られ、胸の尖《とが》りを揉まれ、梓の身体は大分感じ易くなった。後孔は指を容易に受け入れられるようになり、肉壁を指の腹で擦られれば、しっとりと吸いつき、締めつける動きを見せるようにもなった。

柔らかくなった媚肉を指が掻き混ぜるたび、ぞくぞく…っと痺《しび》れるような快楽が、梓の背を走る。

「あ、ああ…っ」

胸は毎日指で摘まれ捏《こ》ね回され、すぐにふっくらと尖り出すようになった。

中原の逞しく大きなものを、小さな蕾に受け入れることなく、ひたすら感じさせられる梓の声は、…甘くなっている。

中原は満足げに梓の変化を、見下ろしている。

「もっと感じてください。俺に触れられて…気持ちがいいんでしょう?」

中原に触られ、気持ちがいいなんて、認めたくはなかった。けれど、身体は柔軟に中原に向って開き始めている。

中原は梓に挿入したのは最初の一日だけで、それ以外は、こうして身体を嬲るだけだ。

ずっと、梓ばかりが感じさせられる。

弄ぶような抱かれ方は、辛い。

挿入される時のような負担はなかったけれども。ずっと弄られて、追い上げられることばかりを繰り返されている。

「あなたはこうして、俺の腕の中で、感じていればいいんですよ」

感じているだけ…。

こうして、中原に囲われてから、梓には他に何もすることがなかった。雪下商会の実権は中原のものになり、梓が会社に顔を出すことはなくなった。本当に自分は、一日の勤めを終え帰ってくる中原を、待つだけの人間にされる。そして、中原は朝になると、梓のいる離れを出て行く。

何もしないで、ただ中原を待っている状況が我慢できなくて、何かできないかと言えば、余計に屈辱的な答えが返された。

中原の朝の身支度を整えること…。

挿入されなければ、朝、起き上がれないほどつらい思いをすることはない。それでも気だるい身体を必死で起こし、梓は中原に上着を着せ掛けた。まるで、妾《めかけ》のような行為だと思ってしまい、梓は慌てた。

昔、顔を洗う湯を用意した男、車で送り迎えをした男が、今度は梓に身の回りの世話をさせている。そして、出かける時、必ず中原は梓に口唇を重ねていく。

後は夜まで中原の訪れを、用意された着物を着て待つだけ。外に出る機会がない以上、洋装は必要ない。

中原が来ることだけを、待つ日々。

中原にすべての都合を支配される。

仕事が忙しいのか、彼は夜半を過ぎてもたまに、…帰ってこないこともある。

そういう時はほっと安堵して、梓は一人で眠りにつくのだ。

安堵して?

…違う。

毎日のように嬲られていた身体は、放っておかれれば寂しいと思うようになってしまった…。

「どうでした? 昨日」

「な、にが…あ…っ」

昨日、中原は梓の元に来なかった。

「放っておいたから、疼いてるんでしょう…? ここ、まだ二本しか入れてあげてないのに、嬉しそうに吸いついてくる」

蕾の淫らな変化を告げられ、梓の顔が羞恥に染まる。

確かに、窄まりは夜毎繰り返される官能を、覚えてしまっていた。

痛みを伴わない深い快楽は、苦しいほどの淫獄《いんごく》に梓を貶める。

今日はまだ、前は弄ってもらっていない。けれど、梓のものは、はちきれんばかりになっている。下腹に反り返り、畳の間にそれを、擦りつけようとしてしまった。

後ろに指を含みながら、腰が淫らがましく蠢くのを、中原はじっくりと強い眼光で眺めているだけだ。

梓の反応に、中原は気付いている。

見られるのが嫌でも、腰が揺らめき、畳に性器をこすりつけるのを、止めることができない。

「何回、昨日は自分でしました？　自慰をする時、ちゃんと胸も…後ろも弄りましたか？」

「誰が…っ、そんなこと」

秘め事を暴かれ、息苦しいほどに動悸《どうき》が激しくなる。

「嘘をつきなさい。ここ、柔らかくなってる」

「…っ」

巧みなやり方に慣れた男に言われてしまえばもう、嘘はつけない。

「自分で指を入れたんでしょう？」

「……」

「入れながら自慰を何回したんです？　言いなさい」

ぐちゅ…っ、と一際深い部分を抉られる。そしてその指は入り口まで引き抜かれると、さわさわと焦らすように蠢かされた。

「あ…っ」

眦が潤む。

指が与える快楽を素直に貪っていたのに、急に突き放されるような動きをされるとつらい。

ごくりと梓は唾《つば》を飲み込む。

「あ、い、一度だけ…」

覚悟を決めて告げる。疼く身体をもてあまし、おそるおそる梓は蕾に触れた。

「本当に入れたんですか？」

目を丸くするような気配があった。

「な…っ」

「…嘘ですよ。柔らかくなってるなんて」

まんまと騙されて本当のことを言ってしまったなんて。

く…っと梓は口唇を噛み締めた。

「強情を張った、罰ですよ」

「あ…」

中原が後孔から指を引き抜いた。

思わず残念そうな…もの欲しそうな吐息を洩らすと、中原がくすりと鼻を鳴らすような気配があった。

中原のやり方は、梓を快楽に突き落とし、ただ目の前の欲望しか、考えられなくさせていく。欲しがるように、中原の指を求めるように、徹底的に身体を躾けられる。胸の尖りだけを苛められて射精を促されたり、後ろの孔だけを弄られて、深い部分で快楽を味わうことを、覚えさせられたりした。

嫌がる男の身体を組み伏せ焦らすことの、何が楽しいのだろうと思う。

どうせなら、徹底的に肉杭を使って嬲ればいいのに。

痛みに訳が分からなくなってしまえばいいのに。

力で征服されれば、まだ言い訳もたつのに。

こんなことで、感じてしまえば、言い訳もできない。

指を引き抜いた後、中原は梓の身体に触れようとはしない。

放置されている――。

「ん、んん…」

乱れた着物を口に含み、熱くなる身体を堪えるように噛み締める。じっとりとこめかみに汗が噴き出してくる。今まで指を受け入れていた部分が、収縮する動きを見せるのが分かった。下腹を打つほどに成長した自分の陰茎も、火傷《やけど》しそうなくらい熱くなっている。

次第に虚ろな目つきになって、自分の着物を足先で蹴った。

達きたい。けれど達けない。

もどかしくてたまらない。

いっそ…太いもので抉ってもらえたら…。もう一週間も、後ろに入れてもらってはいない。

そんな思考が押し寄せ、梓は驚愕《きょうがく》する。

なんて浅ましいことを、考えたのか。

背後で両手首を腰紐で括られ、放っておかれた梓が淫獄に懊悩するのを存分に目で楽しんでから、中原は梓の顎をすくい取る。

「このままじゃあなたもつらいでしょう?」

そうして、胡坐をかいた自分の下肢に、梓の顎を導く。

「これが欲しいなら…」

まるで、梓に生じた危険な欲望を見透《みす》かしたように、中原は梓の前に陰茎を突きつけた。

大きい…。

梓は青ざめながら、唾を飲み込む。まじまじと見たことはなかったが、こうして突きつけられてみると、それがいかに大きく、逞しいものであったかを、思い知る。

天を仰ぎ、一筋ごとの静脈も浮き出るほどに、それは躍動感を漲《みなぎ》らせていた。

「さあ…欲しいんでしょう？」

欲しい…？

あまりの逞しさに、気持ちは竦んでしまっている。けれど、火照りきった身体の奥、淫靡な悦楽に支配された部分は、どろどろと疼きが吹き溜まり、もうどうしようもなく梓を狂わせている…。

中原の言うように、自分は、これが欲しいのだろうか…。

そう思い込まされていく。

促され、梓は目の前に突きつけられた性器を口に含んだ。

「ん、んん…」

口腔が火傷してしまいそうなほど、熱い。

含みきれないほどに大きかった。

口角から零してしまいそうになると、顎を支えられ、再び口に含むことを強要される。背後で腕を縛られたまま、必死で目の前の成熟した楔《くさび》に奉仕する…。今は、梓が中原に奉仕するのだ。

自分の行動を思えば、羞恥に眩暈がしそうだった。けれど、許されず、脈動を伝えるものを、舌を使って舐め上げる。

ちゅ…っ、ちゅ…っと唾液を吸い上げる淫らな水音がした。

「おや？　咥えて感じてるんですか？　あなたのもの、大きくなってる」

「…っ」

吸い上げる音にすら感じてしまい、下肢で揺れるものが熱を帯びる。

中原のものを咥えながら、梓は感じていた。

「きちんとなさい。そうしなければ、いつまでたっても達けませんよ」

この苦しさが続くなんて…。

恫喝《どうかつ》めいた口調に、梓は舌を蠢かせた。

自分が達かせてもらえることばかりで、頭をいっぱいにされる。

「…ん…っ！」

永遠かとも思える長い時間ののちに、中原は口腔に飛沫を放出する。

予想もしていなかったせいで、梓は咽喉を打ちつけるものをすべて、飲み込んでしまった。

「…あ…」

呆然とした吐息が洩れた。

「…もう、いいですよ」

口角を伝わる白濁を、指の腹で拭《ぬぐ》われる。

驚いたままの梓よりも、梓の顔を汚したことで、中原のほうが気まずそうな顔をしていた。

「よくできましたね」

中原が梓の口唇を舐める。

「ん…」

飲み零したものを舌で綺麗に拭われる。うつ伏せたままの身体を引き上げられ、腕の中に抱き込まれる…。

「んん…」

暫くの間、中原は梓の口唇を貪っていた。そして、柔らかい感触を楽しんだ後、腕の中に抱き込みながら、放置されたままだった性器に指先を伸ばした。

「ん、あ…っ」

やっと触れてもらえたことに、歓喜に染まった喘ぎ声が洩れる。

焦らされ続けた部分を直に擦られ、梓の性器は痺れるような快楽を味わい、打ち震えた。

「あ、ああ…っ」

柔らかく扱かれ、放出を促されれば、あっけなく達してしまう。

「今日はここまでですよ」

肩で息をつく梓に、中原は言った。

思わず、恨めしげな思いが浮かぶ。

疼ききった後孔が熱い。

けれど、それを告げることはできない。

後ろが寂しげにひくついたような気がした。


朝、目覚めると中原は梓を腕の中に抱いていた。

腕の中で目覚め、…居心地悪そうに身じろげば、中原も気付き、…慌てたように梓から身体を離した。

（……）

障子を通して、柔らかな日の光が入ってくる。

中原が起きるより前に、梓は起き上がる。

抱かれたから起き上がれないとか、思われるのは癪だった。

それに、何もしないでただ、中原を待つのも。

梓が着物を整えるのを見てから、中原が布団から身をはがす。

そして、中原の着物を梓が整える。

洋装か和装かは、その日によって変わる。組の仕事に向う時は和装、会社回りをする時は洋装らしい。

今日は組の仕事なのだろうか。角帯を締め、肩から羽織を着せ掛ける。梓がすっぽりと包み込まれそうなほど、その寸法は大きい。

「それじゃ、行ってきますよ」

梓の手によって身支度を整え終えると、中原が離れを出ようとする。

仕事…に向うのだろう。

昨夜、仕事について訊ねれば、『ご心配なく。俺の部下がちゃんと利益を出していますよ』俺が買い取った以上、潰せば俺の不利益になるんですから』、そう中原は言った。でも、それが本当かどうかは分からない。

…心配だった。

中原が通うのを待つ生活にも慣れれば、夜までの間、やっと他のことを考えられるようになる。そうなれば、ひたすら、自分の会社の行く末が気掛かりでたまらない。

「雪下商会に寄ったりするのか？」

中原の背を初めて、梓は引き止めた。

「…ええ」

目だけで振り返ると、中原は言った。

「ちゃんとやってるのか？　本当に今も？」

心配のあまり訊ねながら、次第に懸念《けねん》が広がる。

商会を中原に金で買われてから、自分はすぐに中原の屋敷へと連れ出された。それからずっと会社には行っていない。

『ちゃんと利益を出しています』、というのは、中原が言うだけで、実際に雪下商会が活動しているかどうかを、確かめたわけではないのだ。

もしかしたら、今頃、倒産しているかもしれない。

自分の身体だけを、…いいように弄んで…。

「あなたが気にする必要はありません。ちゃんとやってますよ。昨夜もそう申し上げたでしょう?」

「嘘を言ってるかもしれないじゃないか。どうせ、僕の会社なんて、どうなってもいいと思ってるんだろう?」

「俺の言うことが信じられないのですか?」

むっとしたように中原が言った。

中原が怒りを漲らせれば、その迫力にいつも呑まれたようになる。

怒らせた…? 思わず梓の肩が竦む。けれど、後には引けなかった。

ひるんだように見られるのも癪だ。

「この目で見るまでは、…信じられない。部下だって心配してる。僕が行方不明だという噂でも立てば、困るのはお前のほうじゃないのか?」

今度は逆に中原を脅《おど》すように言えば、中原は溜め息をつく。

考えあぐねているかのように、強い眼光が降り注ぐ。

沈黙が気まずくて、梓は躊躇うように言った。

「ただ…僕は心配なだけで…」

それは本当だった。自分には、会社で働く人間たちへの責任がある。

「仕方ありませんね。必要ないと思ったのですが」

中原は着替えたばかりの上着を、肩からすべり落す。

「え…?」

「雪下商会に行くんでしょう?　あなたもシャツと背広に着替えてください」

「でも…」

ずっと離れに閉じ込められていた梓には、洋装は与えられてはいない。着物だけだ。

中原は、背広も帽子も、身の回りの物を離れに置いていたけれども。

「用意させます」

そう言うと、中原が女中を呼んだ。

「え?　持ってきていたのか?」

「何をです?」

「僕の…洋服を」

「いえ、新しいものですよ。ここにいる限り、あなたの身に着けるもの、口に入れるものはすべて、俺が用意したものにしていただきます」

久々に梓はシャツに袖を通す。

今の自分には、シャツも上着も、何もかも、中原の許可がなければ手に入れることはできない。

「その目でちゃんと、ご自身の会社が無事に存続しているということを確かめるのもいいかもしれませんね」

余裕のある態度で、中原は言った。


「どうぞ、こちらへ」

中原が姿を現した途端、従業員たちは襟を正して中原を出迎えた。

それは、梓がいる時よりも、緊張の漲った姿だった。そして、背後に梓がいることに気付くと、梓に対しても頭《こうべ》を垂れてみせる。

てきぱきと、立ち働く従業員たちはやる気に溢れ、以前よりもずっと、活性化しているように見えた。それが演技ではないことは、従業員たちの顔つきで分かる。

入り口でその状況を見て、梓は足を止めた。

「どうです？　嘘ではないことが分かったでしょう」

「……」

自分がいた時よりもずっと、やる気のある従業員たちの態度…。脅されたわけでもなく、心からの、仕事に対する意欲を感じた。

どうやって彼らにそういう顔をさせることができるのか。

「中原さま、お訊ねしたいことがあるのですが…」

梓の部下が、中原に向って仕事の指示を仰《あお》ごうとする。

「ここにいてください。すぐに戻りますから」

中原は部下とともに、奥へと向う。

部下は梓にもついでのように、頭を下げた。まるきり、中原が今の上司であり、梓は付属品のような扱いだった。

「……っ」

自分がいた時よりも、会社の状況はいきいきとしている。それは梓の自尊心《じそんしん》を傷つけた。

頑張っても中原には敵わないと、また思い知らされる。

一人になると、従業員たちが梓を気遣って話しかけてくる。

「あの…体調を崩されたと伺いましたが、もう大丈夫なのですか？」

そう説明していたのだろうか。

「ですが、体調を崩されるくらい、梓さまが奔走《ほんそう》してくださったお陰で、持ち直したのだと中原さまから聞いています」

(中原が?)

自分を貶める説明をしていてもいいのに、意外だった。

従業員は、喜んでいる。

「どうやって融資を引き出したんですか?」

従業員には悪気はない。屈託《くったく》のない問いに、梓は顔を強張らせた。

絶対に、言えない。

素直に喜んでいる彼らの前では、絶対に。

「中原、彼はどうしてる?」

さりげなく話題を逸らしながら、訊ねる。

「指示も的確ですし、ご立派ですよ。あのような方が今まで、活躍していらっしゃったことをどうして知らなかったのか…」

どうやら、中原は己の身分を従業員には明かしていないらしい。

それは、中原が裏の世界にいる人間だからだ。裏の素性《すじよう》を隠しているものの、それを従業員たちが知ったら、素直にこうして融資を受けたかどうか。

「…そう」

自分はもう、この場所には必要ないのだ。

父が残した会社、そして自分が身体をはってまで守ろうとしたものも…中原に奪われた。

前から、自分がこの場所に必要だとは思わなかったけれど。自分がいなくても、仕事は回っている。それどころか、いないほうが円滑《えんかつ》だと、思わされる。

「いかがですか？　納得できましたか？」

最初から余裕を、中原は崩さなかった。

「……」

黙ったままの梓を、中原は商会から連れ出した。


離れに戻ると、梓は上着を脱いだ。

本当は、中原から与えられたものを身に着けるのは嫌だったが、裸で出るわけにもいくまい。少しだけでも、中原に与えられたものを持って、外に出るのは嫌だった。

「何してるんです？」

いきなり脱ぎ出した梓に、中原はぎょっとしたようだった。

「よく分かったから」

表情が強張っているのが分かる。

会社の現状を見せつけられ、敗北感を梓は味わった。

「仕事は順調にいっている。僕はもう、会社に戻っても居場所がないってこともよく分かった」

心配して見に行ったものの、自分はもうあの場所には必要ないのだということを、思い知らされただけだった。

「会社を好きにすればいいだろう？　お前が今の所有者だ」

もう、自分は必要ない。

「僕が口を出すこともないければ、あの会社に顔を出すこともない」

勝手にすればいい。

言いながら、惨めさがつのる。

「もう充分だろう？」

言い捨てると、離れを出ようと障子に手を掛ける。

自分からすべてを奪った。

奪ったことを見せつけたのだから、もういいはずだ。

中原の気は済んだのだと、梓は思っていた。

こうして、梓の会社に融資したのも、以前自分が仕えていたところを、逆に自分のものにして、満足するため…そう信じて疑わなかった。

「服は後で返す」

「待ちなさい」

背後から羽交い絞めするように、抱きすくめられる。

「勝手に出られると思ってるのですか?」

引き止められるとは思わなくて、梓は驚く。

「それに、あなたの以前住んでいた家、持ち主は今は俺です。家に戻っても、服一枚、持ち出すことは許しませんよ」

「何…っ!?」

腕の中で、身体が強張るのが分かる。

「あなたは、自分の役割を、分かってないみたいですね…」

呆れたように中原が溜め息をつく。

「あなた込みの値段で会社を買った。…そう言ったでしょう?」

言い聞かせるように、中原が言った。

まるで、会社を手に入れるのだけが目的ではなかったかのような、そんな言い方だった。

「逃げ出すなんてできませんよ。俺があなたをここに囲うことにしたんですから。使用人たちにも、梓さまが勝手に逃げ出さないように、見張るように指示しました」

「な…」

梓は目を見張る。

囲われて？　一体今、中原は何を言ったのだろうか。

「分かりますか？　あなたは俺が囲ったんです」

もう一度、言い聞かせるように、中原が言った。

「あなたはここで俺に囲われて、足を開いていればいいんです」

目の前に暗い絶望が広がるのが分かった。

「俺の許可がなければ、ここから出て行くことは許しませんよ。勝手な真似はさせません」

背後から抱きすくめられたまま、耳朶に口唇を近づけられる。

囁くよう、聞き漏らさないよう、しっかりと中原が告げる。

「この離れにいる分には何をしてもかまいません。けれどここから一歩でも逃げ出すような真似をすれば、座敷牢《ざしきろう》に繋がなければならなくなります」

「まさか、嘘だろう?」

梓は目を丸くする。

中原の屋敷には、座敷牢があるのだろうか。

「さあ」

梓の問いを、中原は恐喝めいた台詞を残したまま、はぐらかした。


この場所から出て行くことはできない。

離れの縁側からは、綺麗に剪定《せんてい》された立ち木が植えられているのが見える。いぶきやハイビャクシンの生垣《いけがき》が連なり、外からは通行人が中を見られない造りになっている。小さな石の敷き詰められた庭に、大きな置石が調和をもって置かれ、生垣の横の竹が、林のような庭を演出している。

何をするのも、…今の自分には中原の許可が必要だ。

欲しいものはあるか、そう訊ねられても、欲しいものなど浮かぶべくもない。

一日中籠もりきりの梓に、中原は手に入れた舶来物の珍しい商品などを、気紛れに土産に持ってくることはあったけれども。

『勝手な真似はさせません』

以前は全部自分が命令していたのに、今度は中原が支配者の顔で自分に命令する。

外出用の洋装は、一度雪下商会に出かけた後、必要ないだろうとばかりに取り上げられてしまっている。

そしてまた、梓は室内用の着物で一日を過ごしている。

家にいる限り、その着物でも、不都合はなかったけれども。

離れで、他の人間と顔を会わせないで済むのはいいけれど、女中たちには自分をどう説明しているのだろうか。自分たちの主人が、夜毎離れに囲っている人間の元を訪れ、朝まで過ごしているなんて。

「…どうぞ、お茶を」

女中が梓の元を日に何度か訪れる。

「…ありがとう」

食事はきちんとしたもので、そして日中の今、綺麗な菓子まで茶とともに差し入れられる。

これだけの家を、自分で構えるとなると、相当な財力が必要だ。

女中に新聞を差し入れることを、梓は頼んでいた。新聞では、雪下商会の躍進も記事になることがあった。

どうやら、卑怯な手段で仕事をしているわけではないらしい様子だった。豊富な資金を調達する手段は、極道として様々な分野に持っているはずだが、雪下商会に関する限り、事業だけで勝負しているらしい。

中原が来てから、あっという間に事業を好転させた。

彼が結果を出している間、自分はこうして…身体を開かれるだけなんて…。

今の自分が、とてつもなく惨めに思えた。

昔…英語をそらんじてみせた中原。

最高の教育を受けた自分よりも上手に。

勝手に出て行くことは許さないと言われたからといって、言いつけを守らなければならない理由などない。会社は既に奪われ、自分には失うものなど何もないのだ。

剪定された植木の裏、小さな裏戸がある。

脅かされて逃げないでいるのも、癪に障る。

――かまうものか。

梓は裸足《はだし》のまま、軒石に足を下ろす。

草履《ぞうり》は与えられていない。

一瞬、躊躇する。

『逃げ出すような真似をすれば、座敷牢に繋がなければならなくなります』

だからどうだと言うんだ。

かまうものか。

もう一度、口腔で自分に言い聞かせるように呟く。

裸足のまま地面に足をつくと、梓は裏の戸をくぐった。


外に出た途端、梓を呼ぶ声がした。

「梓さま！」

慌てたように、追いかけてくる。

駆け出そうとしたものの、中原に囚われてからずっと、外を歩いてもいなかった体力の落ち切った身体ではすぐに捕まってしまう。

「お待ちください！」

腕を摑まれて、仕方なく梓は足を止めた。

追いかけてきたのは、…南だった。

（南…）

自分の今の立場を、中原はどう告げているのだろう。

いたたまれない思いとともに、梓はうつむく。

「勝手に出られては…。若頭の許可を得られたのですか？」

今は、南も、中原の命令を聞く。

梓の命令よりも、中原の命令を優先しようとする。

「なんでそんな必要がある？」

むっとしたまま、梓がふてくされたように言えば、困りきったように南は眉根を寄せた。

「どうかお戻りを」

「いいだろう？　別に。少しくらい」

一日中制限されたくはない。

「ですが…お戻りください」

昔の主人である梓に、南はまだ、逆らうことができない素振りを見せる。

「困らせるものではありませんよ」

背後から呆れた声とともに、南を庇う中原の声がした。

中原が梓の身体を抱きかかえるようにして、離れへと連れ戻す。

「座敷牢に繋いだりはしないのか？」

最初から逃げ切れるとは思わなかったが、こうまでして自分の行動を制限しようとする中原に腹が立つ。

「繋いで欲しいんですか？」

低く、中原が言った。

中原の本気の声だ。

思わず、梓はびくりと身体を震わせた。

「…冗談ですよ」

すぐに中原は声色を変えた。

「とにかく、あなたが逃げ出さないよう、この屋敷の人間に見張りの役目を与えています。もし逃げ出せば、彼らを処罰しなければならなくなる」

処罰、という冷たい響きに梓の胸が凍った。

「どうです？」

脅迫されれば、頷くしかない。

「分かった」

勝手に出歩くことを諦め、梓は頷く。

「……」

「どうした？」

中原の言うことを聞いたのに、黙り込む中原に、梓は困惑する。

「あなたは下には優しいんですね、昔から。俺の部下なんだからどうでもいい、そうは言わないんですか？　なのにどうして今は俺にだけは…いや」

非難するように中原が言った。

下に優しい？

その言葉に梓はドキリとなる。思いやりを向けても自分の行動はいつも、裏目に出てしまうから。理解してもらうために…人の心を掴むために、梓は奉公人に対して接していたわけではなかったけれど。

あることを気付かれたかと、梓は動揺する。

うろたえる梓に、中原は言った。

「まあいいです。とにかく、勝手なことはしないでください。本当に縛りつけておかなければならなくなる」

険しい目つきで中原が梓の身体を抱き寄せる。

正面から見据えられたその目には、甘さは一切なかった。


梓の今いる離れの中ならば、自由に歩き回ることは許されていた。

ここは一つの独立した小さな家になっている。本邸との間は、長い廊下で繋がっていた。元は主の書斎として仕事を静かにするために使われていたのだろうか、離れにある部屋は二つ、梓が主にいる寝室と、書棚のある部屋だ。柱も床も飴色《あめいろ》に光り、歴史ある趣《おもむき》を見せている。

本は埃《ほこり》を被っているのかと思えば、そうでもないらしい。きれいに手入れされており、どれもすべて読まれた跡があった。

そして、書きかけの…書簡。

中原は家にいる間、ここで仕事をしてもいるらしい。

離れにいる間、することもなくて梓は書斎に足を踏み入れる。

「すごい…こんなに」

手に入りにくい洋書の類《たぐい》ばかりか、外国からの輸出入の目録《もくろく》、貿易の諸手続きの書類…国内の卸問屋《おろしどんや》の出荷伝票まである。そして取引相手の経営状態の調査結果の書類も、文机の上には置かれていた。

勝手に見ては、と躊躇したものの、ふと目に入った店名に引かれ、梓は机の上の資料の一つに手を伸ばす。

今まで雪下商会が主に相手をしていた、貿易会社の名前だった。その資料を持ち上げてみると、その下には、雪下商会の資料もあった。

資料に目を通せば、自分でも知らなかった点が多々、書かれていた。今後の展望について、また、弱点などの精査《せいさ》が行われていた。

「こんなことまで調べていたのか…」

綿密《めんみつ》に調査し、そして、どうすれば持ち直せるか判断するための資料を、中原は集めていたのだ。梓から会社を取り上げて、潰そうなんて思っていない。少しでも好転させるために、考えていたのだ。

…なのに、自分は…。

『どうせ、僕の会社なんてどうなってもいいと思ってるんだろう』、なんて酷い言葉をぶつけて…。

咽喉に苦いものが込み上げる。

中原に連れられて訪れた自分の会社。従業員たちは見違えたようにやる気に満ち、いきいきと働いていた。

それもそのはずだ。これほどに確固とした経営計画を立てて、それを指針《ししん》として提示すれば。将来の明るい展望も見えてくるはずだ。それらは、希望的予測ではなく、綿密に裏打ちされた計画だったから。

ごくり、と梓は唾を飲み込む。

改めて、中原のすごさを見せつけられたような気がした。

経営の才覚を、昔から中原は発揮《はっき》していた…。もし、使用人とその主人という立場で会わなければ、彼をもっと、認めることができたかもしれない…。

彼が使用人としては優秀すぎたから。努力を重ねていた自分の、足元を脅かすほどに。

下男ではなく一人の人間として、中原を対等な立場の人間として見ていたから…。

苦しんでいたのだ。それは姿を消した際にも、告げられなかった言葉だったけれども。

「梓さま」

ふいに掛けられた声に、梓は慌てて振り返る。

「南？」

中原ではなかった。

南の視線が、梓の手元にあるものに注がれる。

慌てて隠そうとして、気まずげに梓は目を逸らした。書斎に入るのは禁止されてはいなかったものの、勝手に人の書類を見るような真似をしていたことを、知られてしまったのだ。

「お前はどうしてここに？」

頬を染めながら、梓は訊ねる。

「はい、必要な書類を…取りに来まして」

南の目線が文机の上を探り、梓の手の上で止まる。

梓は黙ったまま、書類を差し出した。

「恐れ入ります」

勝手に机の上を漁《あさ》っていた梓を咎めずに、南は頭を下げながら、梓から書類を受け取る。

背を向けて仕事に戻ろうとする南に、梓は訊く。

「それ、雪下商会の調査だろう？」

「そうです」

南は隠そうとはせず、正直に答えてくれる。

見られたのを、知っているからだろうか。

「それを調べてどうするつもりだ？　一度は建て直してぬか喜びさせて、これから、わざと潰したりでもするつもりか？　昔仕えていた家の会社が潰れそうだったのも、本当は嗤《わら》って見ていたんじゃないのか？　あいつもそう思っていたんだろう？」

意地の悪い見方だということは分かる。本当はそんなことは思ってはいない。けれど、自分の努力していた場所を追われた立場が、その言葉を言わせた。

悔しくて、たまらなくて。

私怨《しえん》とかそういうのではない。自分が頑張っても成し遂げられなかったものを、易々と中原がやり遂げたことが、悔しかったのだ。

「梓さま…」

ひねくれた言葉しか告げられない梓に、気の毒そうに南が眉をひそめる。

同情を向けられていると思えば、いたたまれなさで胸がいっぱいになる。

けれど、南が考えていたことは違ったらしい。憐憫《れんびん》の情は梓ではなく、中原に向けたかのように話す。

「…若頭はそんなことを考えてはいらっしゃいませんよ。あの方のためならば、命を投げ出してもいいという人間が、木田組にはいっぱいいます。それこそ、組長よりも」

「え…？」

自分を囲われ者に貶めた、あんな酷いやつなのに。

強引で、自分勝手で、梓の都合などおかまいなしに、梓を征服した。嫌と言っても止めてはくれずに、好き勝手に梓の身体を弄んだ。

「その書類をご覧になったのでしょう？　本来ならその経営状態では雪下商会を潰してもよかった。それなのに若頭はそうはなさらなかった。その意味がお分かりですか？」

（…？）

「失礼いたします」

深く頭を下げると、今度こそ南は出て行った。

今日も帰ってきた後、中原は梓の身体を組み敷いた。何度も、梓は追い上げられ、中原の掌に精を放った。

梓だけを達かせると、梓の身体を綺麗に拭き清め、今は腕の中に抱き込んでいる。

梓が中原の身体を拭かなければならない立場なのかと思ったけれど、中原は梓にそうはさせなかった。それどころか、梓が中原の腕の中にいる気配に慣れ、身体から力を抜き、身を素直にもたれさせると、中原は満足気な溜息をつくような気がするのだ。

中原はよほど我慢がきく性質なのだろうか、梓ばかりを感じさせて、自分は梓の中に凶器を突き立てようとはしなかった。そのせいで、梓は羞恥にこれ以上ないくらい肌を染め上げながらも、従順に足を開いてみせた…。

すると、中原はご褒美《ほうび》のように、梓の身体中に口唇を優しげに落とした…。

指先まで愛撫され、梓は悶《もだ》えた。

性器を直接愛撫されるよりも、そうやって肌のすべてに、口唇を落とされるほうが、気恥ずかしくて感じてしまう。

…どうして。

貫いて、力ずくで滅茶苦茶にしてもいいのに、中原はそうしようとはしない。乱暴な真似はせず、ただ梓が、自分がそばにいる気配にそして触れる掌に慣れるように、掌を這わせてくる。

だから、最近では梓は、中原の気配に、愛撫されることに慣れてきて…。
優しげな仕草で、中原は梓の髪を梳《す》いている。
広い胸にはまだ、しっとりと汗が浮かんでいた。
上がる息を、広い胸の中で整える。
梓が息を落ち着けるまで、中原は待っているらしかった。
こんな時間は、落ち着かない。
眠れないでいれば、ぼそりと中原が呟いた。
「…綺麗な身体ですね」
「え…？」
「あなたは綺麗だ。こうして男に抱かれている時が一番」
梓に聞かせるのではない、まるで独り言を呟くように中原が言う。
綺麗なわけがない。
こんな…自分の身体など。細いだけで、中原のように人を惹き付ける魅力などない。
なのに、中原は満足げに自分の身体を抱き締める…。
『潰してもよかった。なのにそうはなさらなかった。その意味がお分かりですか？』
ふいに、昼間に言われた言葉を思い出す。

三年前、雪下商会を見捨てて、中原は他の奉公先を探してもよかった。なのに、中原は自分の元に金を持ってきた。

金で自分を…買った。

それは、今まで仕えていた侯爵家の子息を、買えるいい機会だったから…。

彼のような実力のある男にとって、貴族というものは権力の上に胡坐をかいている、鼻持ちならない存在として映っていたに違いない。実力もないのに、権力だけを持っている人間を、彼は実力で打ち負かし、何もできないと知らしめたのだ。そして、自分は…敵わないのだと、思い知らされて…。

どうあっても。

金で自分を買うことができて、さぞや楽しく面白く思っているに違いない。なのに自分は彼に対して、罪悪感すら味わっていた…。

すべてを諦めたように中原の腕の中にいれば、中原は別の意味に取ったらしい。

「今日は逃げなかったみたいですね。やっと、諦めたんですか?」

逃げ出すことを諦めたのだと、そうとだけ思ったらしい。

「あなたはこうして、私の腕の中にいるだけでいい」

自分が昔から、どれほど中原によって自尊心を傷つけられてきたのかも、対等な男として張り合おうとするたび、敵わないと思い知らされてきたのかも、知ろうとはしないで。

男に向かって足を開く存在でいればいいだなんて。

初めて金で買われた昔、二度と会えないと分かった時に浮かんだ気持ちに苦しんだことも、中原が理解することはない。

「どうせ金で買われたんだ。…好きにすればいい」

投げやりに告げる。

背を撫でていた掌の動きが、ピタリと止まった。

どうせ、敵わないのだ。

初めてここに連れられてきた時は、まだ、反抗する気力は残っていた。けれど、中原の実力を見せつけられた今となっては、もう…。自分など、いなくてもいいのだと、もう存在する価値などないのだと、思い知らされたから。

それを見せつけたのは、中原だ。

酷く自棄《やけ》な気持ちになっていた。

「僕を売りたいなら、他人に売ってもいい」

吐き捨てるように告げる。

金で買われたのだから、他に売るのも、中原の勝手だ。

「本気で言ってるんですか？」

中原が目を見開く。

心底戸惑っているようだった。

自分の言葉が、中原を驚かせることができるなんて。

一度は諦めたと思った反抗心が頭をもたげる。

自分に対して余裕ばかり見せつける彼を、動揺させることができるのだ。

梓は初めて優位に立った者の笑みを口の端に浮かべてみせる。

「どうせお前に仕込まれた身体だ。そのつもりで、僕をここに連れてきたんじゃないのか？　僕を売る料金を雪下商会買収に使った代価に当てる？　あッ…！」

そう言った途端、急に仰向けに身体を反転させられる。乱暴に身体を布団の上に押しつけられ、息が詰まりそうになる。

顔から血の気が引く。

ここに連れてこられてから、こんな乱暴な仕草を向けられたのは、初めてだった。急な中原の態度の変化が分からない。

「あなたは…！」

なぜか、中原は怒っているようだった。

「仕込まれたなんて、その程度で?」

中原が鼻を鳴らした。

か…っと梓の頬が羞恥に染まる。

「このくらいじゃ仕込んだことになりませんよ。まだその程度じゃ、誰も男を満足させられません。いや…あなたがその高慢《こうまん》な顔を歪めるのを、楽しむ人間はいるかもしれませんが…」

中原が言葉を区切る。

「元々あなたの身分を知る人間とか、ね」

「お前のことか…?」

「ええ、そうですよ。奉公人として、容易に触れることも許されなかったあなたを、こうして金さえ積めば組み伏せることができるんですから」

「…恨んでいたのか?」

「…さあ。ですが、さきほども言ったように、あなたは気をつけなければ、その顔を歪めるのを、見たいと願っている人間に狙われないこともないということです」

いつも肝心《かんじん》なところを、中原ははぐらかす。

自分をなぜ、中原は囲うのか…。

自分の昔の身分を知る人間…南は中原を慕《した》っているようだった。昔は奉公人仲間として、同じような境遇の友人として親しくしていたようだが、今は中原の使い走りのようなことをしている。女中が一度、補佐…と呼びかけたような気がしたが、中原が若頭だからあれでも一応若頭補佐、ということなのだろうか。

中原の命令には忠実に、南は従っているようだった。それこそ、梓が屋敷を抜け出した時に、すぐにやって来て引き止めようとしたくらいに。

あの時、…中原によって、梓は離れへと連れ戻された。

そして、その後、抜け出した罰とばかりに、梓は中原によって身体を嬲られた。昼まだ日は高いというのに、梓は座ったまま両脚を大きく中原に向って広げ、狭間に顔を埋めされ…中原の咽喉奥に飛沫を迸らせた。

柱にぐったりと身をもたせながら、仕事に戻る中原の背をちらりと見れば、南とともに帰っていくのが見えた。

南は、中原が梓を組み敷いている間、外で忠実に待っていたのだろうか。朝、晩とまるで護衛を務めるかのように、中原の送り迎えをしているらしい。

離れで梓が中原に抱かれている間、南は外で待っていたのかと思えば、顔から火を噴きそうだった。

それ以外にも、たまに夜中原が仕事で戻れない時は、日中、仕事の合間に梓のいる離れを訪れる時もあった。

ふいの訪問を拒む権利は、梓にはない。

その時も、まだ日も落ちていないというのに、中原に向って梓は足を開いた。

昔の主人である自分が、足を開き、中原の欲望の捌《は》け口にされる。

いい気味だとか…南が自分を思っているにしても、自分の上役が男を囲っているのに、南は何も…思わないのだろうか。

『金を持ってれば何でも手に入る。奉公人でも、昔仕えていた侯爵様のご子息を、こうして、金で買うこともね』

中原はそう言った。

金さえ積めば。だから自分は、中原に買われて…。

高慢な顔が泣いて歪むのを楽しむ人間がいるとも言った。

そんなふうに、恨まれて身体を嬲られ続けるのが悲しくて、悔しくて。

「なんで僕をここに閉じ込めておく？　いつ売ろうかと時期を図ってでもいるのか？　そうとしか思えない」

それ以外に、中原が自分をここに閉じ込めておく理由が分からない。

泣き顔を楽しまれて。

次第に、惨めさがつのる。

苦しくて、どうしようもなくて。

「違います、俺は…」

「金で買ったくせに、今さら何を言う？　他人に売ってもいいと言っただけで、なんでお前に怒られなければならないんだ？」

中原が態度を変えた意味が分からない。

「お前に僕が足を開くのは、金を出したからだ。お前が、…僕をそうしたくせに」

言葉が、止まらなかった。

「お前以外の男でも、金を出せば足を開いてやる。金に群がって、人を買うような…卑しい奴らと」

中原の顔から、表情が失われていた。

「そんなふうに俺を思ってたんですか…？」

さすがに言い過ぎた…と思って、慌てて梓は口を閉ざす。

「金のために足を開くというのなら、金で買われた者はどういうふうに振る舞うべきか、教えてあげますよ」

「どうです？　金さえ払えば、何でもするっていう女が、いっぱいいる場所ですよ」

そうして、中原が梓を連れ出したのは吉原《よしわら》だった。

目の前には、豪華《ごうか》に着飾った、美しい女性がいる。

座敷の上座に中原は座り、そのはす向かいに梓は座っていた。

かき鳴らされる三味線《しゃみせん》の音、そして、むせかえるようなおしろいの匂い…。

「主《ぬし》さん、どうぞ、もう一献《いっこん》」

中原に美しい女性がしなだれかかる。どうすれば男を煽るのか、仕草は計算し尽くされたものだ。

徳利《とっくり》を傾けられ、中原が杯を寄せる。場に相応しい、堂々とした振る舞いだ。

黒に近い紺地の紬《つむぎ》は、多分信州《しんしゅう》のものだろう。繭《まゆ》から丁寧に紡《つむ》いだ糸で織られた紬は、贅沢な風合いを滲ませ、誰にでも着こなせるものではない。羽織を肩に掛けた中原は、堂々たる美丈夫ぶりだ。胸板の厚い中原は、和装がよく似合う。

なのに、長身で手足が長いから、洋装も映えるのだ。

梓も外出にあたり、この場に相応しいかのような着物に着替えさせられていた。真綿の糸の風合いは柔らかで、羽織の羽裏はすべりのよい友禅《ゆうぜん》の羽二重《はぶたえ》だ。最高級の品を、梓は中原によって与えられている。

雪下家が斜陽になってから、贅沢と名のつくものは梓の目の前から姿を消している。中原に与えられなければ、今の梓では手に入れられなかったものばかりだ。

「あなたもどうです?」

中原に促され、梓は自分の膳を眺めた。

豪華に盛りつけられた旬の鮎《あゆ》や煮物が、綺麗に飾られて目の前に置かれている。けれど、ちっとも箸《はし》をつける気にはなれない。杯を干す気にも。

おしろいの匂いだけではなく、女郎《じょろう》をはべらす中原の慣れた姿にも、気分が悪くなる。

「主さんには是非、わちきも相手をしてもらっしゃりたいと、思ってありんすよ」

媚を売る甘い声とともに、細い白い指先が、中原の逞しい胸元を撫でる…。

見ていられずに、梓はうつむく。

金で何でもする女がいる場所、そう言って中原はここに梓を連れてきた。

最初は、金で身体を売るなんてと思っていたけれど、自分は彼女たちに何か言う権利はない。自分はここにいる女性たちと、同じ立場なのだ。

いや、女郎でも身分が上になれば、客を選べる。拒むこともできる。

だが、自分は拒むことはできない…。

豪華な座敷だった。

場を盛り上げようと、女性たちが踊りを披露《ひろう》したり、三味線に合わせて歌ったりする。

どの女性も美しく、着飾るほどに、その妖艶《ようえん》さは増す。

(宴が終われば、この中の誰かを抱くんだろうか)

ここは、そういう場所なのだから。

それに女性も、中原を断ったりはしないだろう。野性的で鋭い目つきは、牡としての魅力に溢れている。

中原が美しい女性を腕に抱く…。

自分ではなく。

そのほうがいいに決まっている。

慣れた彼女たちは中原を楽しませることができるだろう。

だったら、最初から、自分を抱いたりしなければいいのに。

なのに、どうして、毎日のようにやってきて、自分を腕に抱くのだろう…。

堂々巡りの問いは、いつもそこに行き着く。

いたたまれない思いとともに、居心地の悪い思いをしているというのに、中原は梓の思いなどおかまいなしに、余裕綽々で杯を重ねている。その姿には、威風堂々とした、大人の男としての艶めいた気配がある。

骨太の指先…呑んでも変わらない顔色…。

こんな男だっただろうか。中原は。

昔、初めて奉公に上がった時の姿を今はもう…思い出せない。

ふいに、中原が懐から札を取り出す。

「…あなたにも、差し上げましょうか?」

今日、ここに来た礼に。

か…っと頭に血が昇る。バシ…っと自分でも驚くほどの勢いで、梓は目の前の札を払い落とした。

途端に舞い上がる札の一枚一枚…。

「わちきのよ!」

「ちょいと、邪魔すんなまし。これはわちきが先に摑んだんわいな」

浅ましく、女性たちが札束に群がる。

苦々しい思いで、その光景を梓は見つめた。

直接的な彼女たちの反応は、欲望に素直なだけだ。

さぞ面白そうに目の前で繰り広げられる光景を中原は眺めているのかと思えば、まるで興味なさそうに、中原は猪口《ちょこ》に口をつけている。面白がるどころか、中原は酒に口をつけながら、酷く苦い表情を浮かべていた。

嘲笑《あざわら》うために金をばらまいたかとも思ったのに、意外だった。

中原の意図が見えず、困惑する。

(あ…!)

ある女性が隣の女性の袖を掴み、引き摺り下ろすのが見えた。そして札を手に入れようと手を伸ばす。彼女の懐にはもう充分な枚数の札が捻じ込まれていた。それでももっと、と貪欲《どんよく》に手を伸ばそうとする。

金のためなら、人の足を引っ張ってでも手に入れようとする。人間の暗い部分を見せつけられる。

…見ていられない。

目を逸らすと、梓はうつむく。

自分も、中原にとっては金で買った人間として、畳に頭を擦りつけて金を拾う彼女たちの姿と、同じように見えているのかもしれない。

彼女たちを軽蔑できない。自分も同じ立場なのだ…。

「…梓さま？」

呼びかけられる声に、はっと梓は顔を上げた。

気がつくと喧騒《けんそう》は終わり、女性たちの姿が消えていた。

中原が猪口を裏返してみせる。

「…酒がなくなりましたよ」

促され、梓は自分が何を求められているのかを知る。

「あなたもお酌《しゃく》してみてください」

先ほど、中原の隣にぴったりと張りつき、甲斐甲斐《かいがい》しく世話をしていた女性の姿もない。

仕方なく、梓は中原の隣に座ると、徳利を摑んだ。

侯爵家の子息。

そんなのは、中原の前では何にもならない。子息がこんなふうに貶められ、商売女として の振る舞いを強要される。

傾けようとすれば、中原が腰を引き寄せる。腰を抱かれ、酌をする…商売女と同列の扱いが嫌で身を捩れば、その拍子に酒が零れた。

「あ…っ！」

零れた酒は中原の股間を濡らす。

「濡れましたね。粗相をしたら、どうすればいいんですか？」

手拭を探そうと立ち上がろうとすれば、手首を掴まれ引き戻される。

「手拭よりも、手っ取り早いものがあるでしょう」

妖しい言い方に、胸がざわめく。

「や…っ」

逃げようとすれば、掴まれた手首ごと、身体を畳の上に引き倒された。その拍子に、顔が中原の下肢の前にくる。中原は粗相した罰として、舐め取れ、…と言っているのだ。

「あなたが言ったんでしょう？　金のためなら、他の男にも足を開くような真似ができるって。これくらい、何なんです？　あなたは俺が金で買ったんです。口ごたえは許しませんよ」

泣きそうな思いが込み上げる。けれど、一歩も引かない様子の中原に仕方なく…梓は着物の裾を捲り上げた。

そうすると、すぐに逞しいものが目に飛び込んでくる。

その逞しい質感に眩暈がした。けれど、逃がすまいとする中原の恫喝めいた態度に、梓は両手で茎を支えると、亀頭を口に含んだ。舐めるたびにちゅく…ちゅく…と淫らな音が響く。

頭上では表情も変えずに、中原が杯を傾けている。中原は日常と変わらぬ態度で酒を続け、自分だけがこうして奉仕し続けているのだ…。

こんなこと、別の人間にさせればいいのに。

中原に群がっていた店の女性たち、彼女たちの誰かならば、喜んで中原に身体を投げ出すだろう。

「僕に…ん…っ、こんなことをさせなくても、さっきの女たちの誰かを呼べばいいだろう…？」

充分に勃起したのを確かめた後、梓は口唇を離した。口角に伝う蜜を拭いながら、睨みつける。

「あなたは、俺があなたの前で他の女を抱いてもいいと言うんですか？」

じ…っと中原が梓を見つめている。

「かまわないに決まっているだろう。どうしてそんなことを言うんだ？」

中原が傷ついたような目をする。

どうしてそんな表情をするのか、梓には分からない。

ただ、自分の扱いが惨めだった。

こうして、遊郭《ゆうかく》に連れてこられて。

自分の立場を自覚させられて。

揚句《あげく》の果てに、商売女のような真似をさせられて。

「これ以上は沢山《たくさん》だ」

吐き捨てると、梓は立ち上がる。けれどその手首を、中原が摑んだ。

「まだ、あなたの役目は終わってませんよ」

…役目?

まだこれ以上、何をすることがあるのだろう、この…遊郭で。いくらでも美しい女性がいるのに。

「あ…っ」

逃げようとする腰を摑まれる。梓の身体を抱いたまま、中原は隣の部屋の襖を開けた。

薄暗い行灯《あんどん》に照らされるのは…一組の布団。

(まさか、僕を…?)

逃げ出そうとすれば、中原の指先が梓の帯を摑んだ。そのまま勢いよく帯を引き抜けば、梓の身体が宙を舞った。帯をすべて引き抜いてしまうと、梓の身体を中原は布団の上に押し倒す。

「嫌だ…っ、はな…っ」

遊郭に来てまで、自分を抱く…なんて。

「なんで僕を？　ここにいる女性に相手をさせればいいじゃないか」

仕事として、ここで働く女性を。

なのに、他の女性を抱くように促すほど、中原の態度は不機嫌になっていくのだ。

「何を言ってるんです？　あなただって金で足を開く、あの女性たちと同じでしょう？

他の女性を呼ばなくても、かまわないじゃないですか」

今の自分は、同じ立場なのだ。金で男に足を開く立場の女性と。

…違う。違うと思いたかった。けれど、金のために中原に足を開いているのは、事実だ。

「金で買う相手には、何でもできるんでしょう？　そう言ったのは、あなたじゃないですか。さあ、どういうふうに俺を楽しませてくれるんです？　その、俺に仕込まれたという手管《てくだ》で」

か…っと梓の頭に血が昇った。

「手始めに俺の身体に乗って、腰を振ってみせますか？」

先ほど、柔らかく自分の背をなぞっていた優しい仕草とはまるきり別の扱いが向けられる。

いつもは柔らかく口づけられて、達した後、息が整うまで待っていた。額に、頬に、何度も口唇が落された。だが今は…。

何が彼の逆鱗《げきりん》に触れたのだろう。

どうして、こんなふうになってしまったのだろう。

「あなたがそういう扱いを望んだんでしょう？」

言いながら、ますます中原の様子が不機嫌になっていく。

冷たい言い方に、梓の胸がきゅ…っと締めつけられたようになる。

強引で、酷いことをするくせに、そういう中原は苦しげで。

「さあ、大きく足を開きなさい」

激情を抑えつけたような、中原の態度。

本気の怒りを滲ませた様子なのが、余計に恐ろしい。

「…ぁ…」

そろりと両膝を男に向って広げれば、羞恥に染まったひそかな喘ぎ声が洩れた。

膝が割られ、着物の裾が零れ落ちる。割れた着物の裾の狭間から、真っ白な雪のような太腿が覗く。

じ…っと強い眼光が、梓の下肢の狭間に突き刺さる。

（見ないで……）

両脚を閉じることは許されない。

だから仕方なく梓はせめて…と肩から落ちそうになる着物をずり上げ、上体を視線から隠すように守った。上体は着物で覆いつくされながらも、下肢ははらりと裾が乱れる。

柔らかい太腿の内側には、自分では絶対につけられない痕が残っているのが見えた。

紅を落したような、赤。

所有物の刻印を、中原は抱いた証に刻みつけた。滑らかな太腿の内側など、男に抱かれなければ絶対につくことはない。

「も、もう…」

…許して。

羞恥のあまり涙目になって、恥ずかしい行為を強要する男に訴える。お願いだから許してとは、まだ言葉にしては告げられない。

頬を染め上げ、息を浅く上げながら乱れた裾の狭間を男の眼前に晒す梓の姿は、完全な裸体よりも官能的で美しく、淫靡な光景だった。

「…ぁ…」

荒く上がった息をもう一度零してしまった時、煽られたかのようにぐ…っと膝に中原の手が掛かる。

今度こそ、中原の扱いは容赦なかった。大きく足を開かされる。

「あなたには、会社を経営するよりも、こうして男に向って足を開くほうがお似合いですよ」

一番無防備な姿を晒し、狭間に猛りを押し当てられる。

切っ先が秘孔に当たった。それは触れるだけで熱く、猛っている。熱に、肌が焼き尽くされそうになる。

久しぶりだった。最奥に中原を受け入れるのは。

「いや…っ」

梓が身体を怯えたように竦めれば思い出したように、中原が梓の内壁に指を突き入れる。

ただ、準備を施すかのように、蠢く。

恥ずかしいのは、そうされただけで梓の肉壁は、強く疼くようになったことだ。

何度も指を含まされるうちに、そう身体を変えられた…。

「大人しくしなさい。傷つくだけですよ」

指を引き抜くと、中原は腰を押し当てた。

亀頭を押し当てられて、梓の窄まりは、柔軟に収縮し、吸いつく動きを見せた。それどころか、久しぶりに与えられる質感に、期待するかのようにヒクリと蠢く。

蕩けるように、中が疼いた。

「欲しくなったんでしょう？　久しぶりに…入れてあげますよ」

中原が腰を突き入れた。

「い…っ、あ、あああ！」

もう、男を受け入れる苦痛は感じない。まるで、中原が梓の身体がそう変化するのを、待っていたみたいに。

焦らされていた身体は、久しぶりに貫いてもらえることを、待ちわびてしまっていた。やっと力強く求められた時、歓喜の吐息を洩らしもしたのだ。

「…いやらしい身体だ」

尻肉を揉まれ、より深く突き入れられる。そして内壁に質感が馴染むように屹立でかき回された。もしそうされなければ、自ら尻を振って密着するように、腰を蠢かせてしまいそうだった。

中原はいやらしく双丘に掌を這わせ、性感を煽るように揉んでいる。

「久しぶりですからね。俺もたっぷりと、あなたの中を味わわせてもらいます」

中原は執拗だった。

最初は横たえた梓の身体を、ただ組み敷いて突き上げた。けれどそのうち、もっと深くまで味わいたいと、梓の身体を抱き上げ、胡坐をかいた上に座らせた。

「あッ…！　ああ、あああ…っ」

中原の上に座らされ、下から突き上げられる。

掌を畳の上について、背をしならせる。

不安定な体位に、中原の首に腕を回してしまいたくなる。でも、寸前でそれを押し留めた。すがるように中原の身体に、腕を回すことはできなかった。

ただ腰だけで、梓は中原と繋がっていた。

動き易いとばかりに、細い腰を支えながら、中原は梓の腰を揺さぶる。

自らの腰を円を描くようにかき回し、その動きに合わせて梓の腰を揺らせば、梓は深い快楽が込み上げてくるのを覚えた。

そのうち、自ら腕を伸ばさない梓に焦れたのか、中原は梓の身体を上に乗せたまま、寝転がる。梓は横たわる中原の腰の上に跨る姿勢になった。

中原の両脇に手をついて上体を支えながら、梓は限界まで背を背後にしならせる…。

「あ、あ…」

下腹を打つほどに、自らのものは反り返っている。男に入れられて勃たせたものを、みっともなく晒し、自分は喘いでいるのだ…。

「あ、あああ…っ」

下から揺すぶられ、勃たせた股間を揺らしながら、梓は嬌声を上げた。

「自分が金で買われたってことを、よく思い知らせてあげますよ。あなたが…望むなら」

これは、梓が望んだことだと、中原が告げる。

強く突き上げられ、腰が蕩けるような感覚に襲われる。実際に秘肉はじわりと充血し、蕩けるように柔らかくなり、男のものを包み込んでいる。後孔に男をくわえ込み、前を勃たせてしまう、それが今の自分の姿なのだ…。

「はぅ…っ」

感じすぎるほどに感じても、絶頂は訪れない。梓は後ろに肉杭を受け入れる経験が浅すぎる。後孔で快楽を味わい、射精することはできそうもなかった。

そんな梓に気付き、中原はあらたな命令を下した。

「後ろにくわえ込んだまま、俺に自慰を見せなさい」

達けない苦しさに、梓はとうとう耐えきれず、下肢のものを握った。

「は、あ…」

待ちわびていた前への愛撫に、梓は甘い吐息を洩らした。

「…そう。いつも俺がどうやってあなたのものを握って、愛撫しました？」

思い出しながらやりなさい、そう言われれば、自分の掌なのに、中原の手で扱かれているような錯覚《さっかく》に陥りそうになる。

「あ、あ」

想像すれば、一層深い快楽が、握った部分を支配する。

「よく見せなさい。あなたのいやらしい姿を」

言葉で嬲られて、梓は泣きそうになる。

そんな扱いをされて、胸が疼いた。けれど、待ち望んでいた刺激を与えてもいいという許可に、そんなことは次第に忘れていく。

膨らみきったものを扱く快感に、眩暈がした。

「ああ…」

気持ちよさそうな吐息を洩らしてしまえば、緩やかに中原が後孔を突く。

前だけを愛撫する自慰よりも、後ろに男を咥え込んでする自慰は、たまらない愉悦が訪れた。双丘の狭間に、大きすぎるものを捻じ込まれても、梓の淫らな蕾は柔軟に受け入れている。

あんなものが入っているなんて。

しかもそれは甘い快楽に、梓を啼かせ続ける…。

ずっぽりと咥え込み、上下に揺すぶられ、あまつさえ、指示されて自慰を披露しているのだ。しかも自分は、前だけではなく後ろに入れられてするほうが、気持ちいいと感じている。

「溢れ出してきましたね」

中原が上体を起こした。逞しい腹筋が見える。

塗り込んだ蜜を指の腹ですくい、それを胸に塗りつけられる。

胸の突起はすぐに尖《とが》り出す。胸への刺激は勃たせた部分へと流れ込む。

全身の熱と感覚が、下肢に集まっているような錯覚に陥る。息苦しくて、呼吸困難に陥りそうになる。

「あなたの身体はこうして、…男に抱かれるためにあるんですよ。俺に」

本当に、そう思い込まされていく…。

「あなたの主人は俺ですよ。梓さま。あなたの一生を、俺は買ったんですから。だから、あなたは俺が求めたら、拒むことはできないんですよ」

「一生を…?」

次第に意識が朦朧《もうろう》としていく。

「達かせて欲しければ、言いなさい。あなたは俺のものだって」

自分は中原のもの？

本当にそうだと、思わされてしまいそうになる。

なぜか中原は余裕のないような顔をしていた。

梓の意識が朦朧としている今だけ、何かを…誓いの言葉を言わせたそうな。

「僕は…あなたのものです。旦那様…」

「…そこまで、言わなくても、よかったんですけどね」

くすり、と中原が鼻で笑ったような気がした。

「いいですよ。あなたのここをたっぷりと可愛がってあげます」

男なのに、同じ男に抱かれ、勃起したものを突き入れられる。しかも胸を弄り回され、突起を固く尖らせ、腰を振っては締めつけているのだ…。

男に抱かれる快楽を覚え込んでしまった身体は、もはや後ろに入れられて得られる以上の快楽を、他で得ることができない。毎日のように離れに囲われ、男を受け入れるように仕込まれる。

「あ、あ」

満足する言葉を告げた後、ご褒美のように分身を愛撫することを許されていたのに、ふいに指を離されてしまう。それ以上に、梓を困惑させたのは、緩やかに突き上げていた腰の動きが止まったことだ。

「ふ、あ…？」

意図せず不満げな吐息が洩れた。

「後ろを犯されるほうが、気持ちいいんでしょう？　今度はここを抉ってもらうだけで達くことを、覚えなさい」

いきなり突き上げが激しくなる。

「あ、ああ！」

前への刺激がなければまだ、梓は射精できない。

後ろを肉杭に犯されただけで、達する。まるで、本当に中原の女のような身体にされる。

「それとも、胸だけを弄られて達ってみますか？」

嫌だ。そう思っても、甘痒《あまがゆ》い刺激に支配され、腰が砕けそうになる。

「あ…っ！」

とうとう、後ろだけの刺激で、達った。

「こういう扱いを望んだのは、あなたのほうですよ」

気を失う寸前、中原が苦々しげに、そう呟いたような気がした。

後ろに入れられて吐精してしまってから、自分の身体の中で、何かが変わってしまったような気がした。

遊郭から帰り、いつもの離れで中原の訪れを待つ日常が戻る。

上に掛けていた着物を肩から下ろされるのが、行為の始まりだ。

「あなたは、こうして俺に抱かれるのを、大人しく待っていればいいんです」

厳しい物言いが向けられる。

そして、挿入する前に、中原のものを舐めさせられる。

「ん、…んん…っ」

「あなたがこうして咥えるのが、会社を存続させるための料金なんですから」

言い聞かせるようにしながら、中原が陰茎を舐め上げる梓を見下ろしている。

咥えさせられると、後孔がヒクリと収縮し、最奥が疼くような気がした。

「う…」

充分に潤すと、中原が梓の口腔から脈動を引き抜く。

「…これが、あなたの役目なんですよ」

中原が梓の身体を抱き寄せる。座ったまま抱き寄せると、梓の身体を正面から貫いた。

「あ、ああ…！」

衝撃に梓は息を詰まらせる。

梓が中原に腕を回さないせいか、中原はこうして梓を抱き締める姿勢をよく取るような気がした。梓の身体を布団に横たえ、腰だけを突き入れてもいいのに、そうはしなかった。自分が動き易いからだろうか。細い腰に腕を回し、しっかりと梓を抱き締める。

「うう、あ、ふ、ん…ッ」

身体が深く中原と密着した。突き上げながら、身体が軋《きし》むほど抱き締められる。

梓の両腕は、だらりと床に下がったままだ。身体を支えることもできず、揺すぶられて苦しげな吐息を洩らす。

「や、もう、い、いや…中原……ぁ…」

激しすぎる責めを、受け入れた部分すべてで享受する。

「苦しいなら、俺の首に腕を回して…」

促されて、梓はふるふると横に首を振った。

抱き合う…姿勢は、絶対に嫌だった。もう何度も貫かれていても、自ら腕を回さない…

それが無理やりこの行為を強いる中原に対する最後の意地であり、抗議だった。

「う…っ」

眦に涙を滲ませ、激しい突き上げの苦痛に耐えながらも、決して首にすがろうとはしない梓に、中原は表情のない声を洩らした。

「…そう」

腰の動きが速くなる。

「あ、…ッ」

梓の目が見開かれる。

「あ、あああ…っ！」

突き上げの激しさに、壊れてしまいそうな気分を味わう。

遊郭から帰ってきてからというもの、中原は激しい抱き方で梓を追い詰める。

以前は…中原は身体中に口唇を落とした。雪のような白い肌に、紅い痕が散っていくのを、…自分の所有の印がついていくのを、満足げに眺めていた。

足の指の先まで舐め上げられて、恥ずかしさに頬を染めたほどに。

放出後、引き抜かれる感触にも苦しげに眉をしかめてしまえば、様子を窺うように顔を覗き込まれたこともあった。痛むところはないかと探しているふうだった。

気を失ったように瞼《まぶた》を閉じていた梓が、不思議そうに目を開けば、梓が覚醒していたことに気付いて、まずいところを見られたというふうに、中原は顔をしかめていた。

まだ、…自分の身体が慣れていなかったからだろうか…？

そんな甘い相手ではないと思ったけれど。

それが、遊郭から帰ってきた後から、激しすぎるほどに梓を抱く。

まるで、狂おしいほどに。激しく。

たった一度では、中原の責めは済まない。

「あ…！　も、や…っ」

「できるんですか？　あなたが。金で買われた人間は、こんな程度じゃ済まされませんよ」

「ん、ん…っ」

「毎日のように色んな男の相手をさせられるんですよ。…こんな細い腰をして。無事でいられるとでも思ってるんですか？　他の男に売ってもかまわないなんて、…」

中原の双眸が悔しげに歪む。その言葉を梓が吐いた後、中原は態度を豹変させた。その言葉のどこが悪かったというのだろう。

「あ、あああ…っ！」

ガクリと梓の身体が頽《くずお》れていく。

床に打ちつける前に、中原がすぐにその身体を抱きとめる。

「梓さま…？」

呼ばれても、梓の目が開くことはない。

気を失った梓を、そ…っと中原は布団の上に横たえる。先ほどの激しい責めが嘘のように、まるで壊れ物を扱うような仕草だった。


「…う…」

梓が次に目覚めた時、既に部屋には西日が差していた。

恐る恐る起き上がろうとして、下肢が酷く甘だるく、力が入らないことを知る。強すぎる欲望を細い身体に受け止めたせいで、夕方になるまで起き上がれなかったのだ。

(中原…？)

呼びかけようとして、声が出ないことに気付く。

喘ぎすぎたせいだろうか。

…そう思えば、いたたまれない気分を味わう。

布団の隣には、もちろん中原の姿はない。

自分ばかりが布団で身体を休め、既に中原は出かけているのだと思えば、その立場がいつも梓を苦しくさせる。

ゆっくりと布団の上に起き上がる。

ただ夜まで、中原が訪れるのを待つだけなのは嫌だった。

中原の書斎で仕事の書類を発見してから、梓は夜までの間、書斎で過ごすことにしていた。

少しでも、中原に追いつくような人間になりたかったから。

何もできないでいるのだと、思われたくはなかったから。

もちろん、そんな努力をしているのを中原に知られたくはなくて、帰った気配を感じたらすぐに、寝室へと戻るのが常だったけれど。

起き上がり、襦袢《じゅばん》から室内用の着物に着替える。

「ん…?」

羽織を肩から被ろうとして、袖口に固い感触があるのに気付く。

袖口に手を差し込み、中を探れば藤の飾りのついたかんざしが出てきた。中原に遊郭に連れられた時、遊女の一人が落したものだ。後で届けてやろうと思っていて、そのまま忘れていたらしい。

届けることができなかった原因は…ぎゅ、と掌の中でかんざしを握り締める。

遊女を買って抱くのを見せつけるのかと思ったのに、隣の部屋に連れられたのは彼女たちではなくて、自分だった。そして激しい快楽に貶められ、啼き続けたのは自分だったのだ。

両脚を広げられ、熱杭で狂おしいほどに強く穿たれ、何度も梓は絶頂を迎えた…。

彼女たちは自分を、どう思ったのか。

女性から、中原は羨望の眼差しを受けていた。確かに、男として逞しさと野性味溢れる中原は、女性の欲を刺激する存在なのだろう。

なのに、彼女たちを放っておいて、中原は自分を抱いたのだ。

帰りがけ、彼女たちは何も言わなかったけれど、梓に強く突き刺さる視線の正体は、嫉妬…だったかもしれない。

(好きで抱かれているんじゃないのに)

そう叫び出したかった。

自分が、中原にとって、どういう立場なのかを知られていることも、いたたまれない思いを味わわせる。

暫くの間、手の中のかんざしをぼんやりと眺め続ける。

中原に言って、返してもらわないと。

そう思った時。

「何をしてるんですっ!?」

障子が開いた途端、激しい声音に梓はビクン！　と肩を跳ねさせる。

「な、なに…？」

中原が青ざめた表情をして立っていた。

「あ…っ！」

驚くほどの素早さで、梓の掌中からかんざしをもぎ取る。

こんな激しい怒りをぶつけられたのは初めてだった。

いや、違う。中原の顔が、苦痛を味わったかのように…歪む。

怒りではなく、まるで心から驚いたかのような。

血の気の引いた顔を、梓は呆然と見つめる。

中原の掌が、音が出るほどに強く、手元のかんざしを握り締める。

「え…？」

（あ、もしかして…）

かんざしの先端の尖った部分、それで咽喉を突くとでも、思ったのだろうか。

誤解だ。ただ、それほどまでに追い詰められているのだと、中原に思い知らせてやれる機会かもしれないという考えが、ちらりと脳裏を掠める。

けれど、心から心配しているかのように、青ざめた中原に、それは言えなかった。

「それ…落ちていたのを拾って、返すのを忘れていただけだ。機会があれば、届けてあげてくれる？」

梓の声が掠れる。咽喉が…ひりつくような気がした。

そう言った途端、中原はうろたえる。

「そうだったんですか」

気まずそうに手の中のかんざしを弄ぶ。そんな中原の姿は、なかなか見られるものではない。

「それより、どうしたんだ？　まだ夜になっていないのに」

自分の身体を弄ぶ以外に、ここに寄る理由はないはずだ。

「いえ、その、昨夜…無理をさせすぎたかと思いまして…」

「え…？」

意外な言葉に驚く。

まさか、この男が自分を心配していたとでも言うのだろうか。

中原は言った後、しまったと言いたげに、片頬を歪める。梓の行動に驚いたあまり、本音が出てしまった、そんな気配が窺えた。

(……?)

「今、起きたのですか?」

「うん、…」

中原のせいで、今まで起きられなかった。

「食事の用意をさせます」

中原はかんざしを持ったまま、母屋《おもや》に行こうとする。

昨夜から夕方の今まで食事を取っていなかったのに、なぜか食欲は湧かない。

咽喉が痛む。

おかしい。

「その、中原…」

首に手を当てながら、やっと声を絞り出す。

「どうしたんです?」

部屋を出て行こうとする中原を追いかけようと、立ち上がろうとして…。

ぐらりと身体が傾いだ。

ぼんやりと意識が薄れていく。

「梓さま!?」

ぎょっとしたように中原が目を見開く。

その声を最後に、梓の意識が途切れた。


往診に呼ばれた医師は、単なる風邪だと診断した。

「果物とか、水分をたっぷり含んだ食べ易いものを、差し上げてください」

その言葉に、中原が訊ねる。

「何か食べたいものはありますか?」

熱に浮かされた頭で、梓は考えた。

心配げな双眸が、自分を見下ろしている。

その瞳が、ある出来事に重なる。

昔も、自分をこうして、中原は見下ろしていたことがあった。

その時は…。

「…柿…」

ぼそりと梓は呟く。

父に喜んで欲しくて、柿を取りに山に入った自分を、探しに来てくれた時だ。

子どもなら怖気づく暗闇の中、彼は山に入り自分を助けてくれた。

挫いた足で動けずに一人泣くのはつらく苦しかったけれども、現れた中原の姿は胸が切なくなるような痛みとともに、これ以上ない安堵を自分にもたらした。

今ここにいるのはその時の中原なのだ…。

そばに中原の気配があるのを感じ、梓はほっと眠りについた。

梓が目覚めると、枕元で中原が無骨な手つきで柿を剝いているのが見えた。

柿…?

どうして?

ぼんやりとその光景を、梓は見つめる。

季節外れの今の時期、なぜ柿がここにあるのか。

手に入れるのも難しいはずだ。

（そういえば…）

昨夜、熱に浮かされて何か、口走ったような気がする。

けれど…。

思い出せない。

中原がそばにいても、穏やかな眠りを得られたことに、梓は驚く。

中原は梓が目覚めたのに、気付いてはいないようだ。

わざと音を立てて身じろげば、やっと中原が梓が目覚めたことに気付く。

「咽喉が渇いてませんか？」

目覚めれば口移しに水を与えられた。

「起きられますか？」

中原が腰に手を伸ばし支えてくれ、梓は布団に上体を起こす。

温かい布団から出て肩を震わせれば、すぐに肩には羽織を被せられ、それでも足りないかのように胸元に抱き込まれ、温かな体温を分け与えられる。

過剰なほどに世話を焼かれるような…気がした。

「熱がある時は水を取ったほうがいいですよ」

「ん…」

咽喉を通る冷たい感覚は心地よい。

咽喉が渇いていたからという言い訳を自分に与えながらも、素直に口唇を受け入れれば、中原は妙に…優しい気がした。なぜか嬉しそうに何度も水を与えようとする。だから、梓は中原の顔が近づくたびに、大人しく目を閉じた。

自分からは決して、腕を首に回したりはしなかったけれども。口唇だけ、甘えるように受け入れる。

もうこれ以上飲めば水でお腹がいっぱいになってしまう。

そう思う前に、中原はやっと、口唇を離した。

その代わりに目を閉じればあどけない顔立ちになる梓の、閉じられた瞳を縁取る長い睫《まつ》毛《げ》に、羽音が触れるような優しげな口唇が落された。

そして、水を含まずに中原が梓に口唇を落す——。

「あ……」

水の気配の残る口づけは、しっとりと冷たい感触がした。それが次第に熱を帯びるほどに、何度も口づけを繰り返す。

水を与えただけなのだ。熱を帯びた身体には必要だから。

そんな言い訳がたたなくなってしまう。

本当は、もういや、そう言って突っぱねることもできたはずだ。

なのに、大人しく中原の腕の中にいて、口唇を受け入れる梓を抱き締める腕に、…嬉しそうな、そんな気配が混ざるから。

（逃げ出せない…）

口唇を、拒めない。

時折おずおずと、梓の背を掌が滑る。

角度を変えるたびに、梓の意向を確かめようとする。拒めば多分、瞬時に口唇が離れるだろうと思わせる…。

不思議だった。毎日組み伏せて好きなように梓を貫くのに、口づける時だけこんな、遠慮がちな態度を見せるなんて。

「ん…」

口づけは深くはならず、優しく重ねるだけの行為が繰り返される。

穏やかで、優しい…口唇だった。

もっと、欲しがってしまいそうになるほどの。

こんなふうに優しい…くちづけも、中原も、…初めてだった。遊郭から帰ってきてからは。

病み上がりの梓が、次第にくったりと中原の身に上体をもたれてしまうと…。

「…すみません」

何度も口唇を重ねた後、中原は気まずげに身体を離した。

我慢がきかなかったかのように、病人に無理をさせたことを反省するみたいに、頭を下げる。

「え…?」

そんな中原に、梓は戸惑う…。

「その。…柿があるんですが、食べますか? さっき女中が持ってきて剝いてくれたので」

(嘘)

思わず、心の中で呟く。

自分で剝いていたのを、梓は見ている。

組の若頭ともあろう人間が、無骨な手つきであっても柿を剝くような真似をしたのが、恥ずかしいのだろうか。

恥ずかしい思いをしながら、柿を自分のために剝いてくれたのだと思うと…。

「…うん」

　素直に梓は首を縦に振る。

「少し、何か腹に入れないと」

　中原は黒文字で柿を刺すと、梓の口許まで運んでくれる。

　黒文字を受け取ろうと指先を布団から持ち上げようとして…梓は止めた。

「…ちょっとこれ、大きい」

　先だけを齧《かじ》ると、梓は言った。

　剝き方は荒々しく、一口では口に入らない。とても女中が剝いたようには見えないけれど、そうは言わなかった。

　なんとなく…中原の気持ちを、傷つけてしまうような気がしたから。

「すみません、次はもう少し小さく…」

「小さく、何？」

「剝きますから。多分そう言おうとしたに違いない。

　気付かないふりをして、梓は残りを口に含んだ。

　中原の手から柿に口をつければ、酷く可愛らしい様子の梓を、眩しいものを見るかのように次々と柿を差し出す。

柔らかで、優しい時間だった。

…本当は、水で充分お腹はいっぱいにされていたけれど。

皿が空になるまで、その穏やかな時間を受け止める。

「食べにくいですか？」

剝いた柿が大きすぎたからといって、気分を害することはないのに、中原はすまなそうに頭を下げてみせる。

梓の機嫌を取るように。

「お前の分は？」

皿が空になった後、梓は訊ねる。

「俺はこれをいただきます」

中原は梓の口唇についた柿の残りの蜜を、舌先で舐めた。

「甘いですね」

満足そうに微笑む中原の表情を見て、梓は頰を染める。

「…そう？」

そんなやりとりを、繰り返す。

中原の看病ですぐに体調は回復に向かった。

なのに、中原はなかなか梓を布団から出そうとはしない。

思ったよりも、大切にされている。

そんな気がして、梓は首を振る。

かんざしを手に取った時の中原の青ざめた表情、その、心から心配した顔を、どこかで見たような気がして、梓は記憶を探る。

一度目は柿を取りに山に入った後。

二度目は…。

『私が何とかしますから。明日までに』

そうだ。三年前に、中原が金を用意した時だ。

会計に金を持ち逃げされ、雪下家が斜陽だという噂がたった途端、友人たちも取引先も、蜘蛛《くも》の子を散らすようにいなくなった。

他の奉公人が、次々に他の奉公先を決めていく中、暇を出したというのに、中原だけは雪下家から出ていかなかった。暇を出した後は、給金も渡してはいなかったはずだ。なのに、文句も言わずにそれまでと同じような仕事をしていた。いなくなった奉公人たちの分の仕事もしていた。

(どうして…)

起き上がると、梓は縁側へと向う。

中庭は、春になりその様子を変えていた。頬に触れる風は温かく、花の香りが鼻をくすぐる。

まだ蕾なのは藤だけだ。

「まだ、外に出てはいけませんよ」

肩にそ…っと上着を掛けられる。

「中に戻ってください」

「…うん」

逆らう気は起こらなかった。

大人しく中原に手を引かれ、室内へと連れ戻される。

こんなふうに優しくされると、昔の中原を思い出してしまう。

酷いことをされているのに、たまにこんなふうに優しい仕草を向けるから、憎みきれない。無理やり身体を引き裂いた男なのに。

金で、自分を買った男なのに。

──梓さま。

今も自分をそう呼ぶ。

剝いた柿が口に含むのに大きすぎると言えば、すみませんと謝って…。

「肩が冷えてますね。ずっと外にいたんですか?」

温めるように中原が胸元に梓を抱き寄せる。

広い胸だった。

逞しさに溢れた身体つき…それは別れた後に、中原がいた世界で培われたものだ。

中原の胸の中にいることにも慣れた。それどころか包まれる感触を、心地好いとも思う。

「今まで…どうしてきたんだ…?」

中原がいなくなった後、彼がどうやって生きていたのかなんて、興味を持ったのは初めてだった。

毎日のように身体を重ねているのに、肝心な部分だけはいつも、話そうとはしない。

そういえば、どうやって季節外れの今の時期に、柿を見つけてきて食べさせてくれたのかも、聞きそびれてしまった。

「…あらゆることをしましたよ。それこそ、泥水を飲むような真似も」

遠くを見つめるような目で、中原は言った。

昔を思い出した時、ぞっとするような凄味が目の端に宿った。命を掛けている世界に常に身を置く、そういう者でなければできない目だ。

自分が想像もつかない世界を、潜《くぐ》り抜けてきたのかと、梓は思った。

なぜ、学校の成績も優秀だった中原が、仕事も有能で何でもできるのに今の世界を選んだのか、梓は不思議だった。能力があるくせに、力で屈服させるような今の世界は、中原には似つかわしくない。

彼を変えた何か、それが梓はずっと不思議だった。それに。

「どうやってあの時、金を作ったんだ…?」

「……」

中原は、それだけは梓に答えてはくれない。

あれだけの大金を一日で作るのは、不可能に近い。

…恋人同士でもないのに。

外れない腕に大人しく、梓は中原の腕の中にいた。

花宵の章

寝込んでいたせいなのか、それとも中原が梓を外に出そうとはしなかったせいなのか。

梓は自分の身体を、厭わしいものを見るように見つめた。

肌は透けるように白くなっている。

滅多に外に出してはもらえず、ただ抱かれるのを待っているうちに色がまず変わった。

肌は艶めくようにしっとりと変化し、触れれば男に掌の感触を楽しませられるものになっている。そこまでは、梓も気付きはしなかったけれど。

(変化…)

変わったことと言えば、もう一つ。

何の理由もなくても、口唇を重ねる機会が多くなったことだ。

縁側で庭を眺めていれば、すぐに中原の腕に抱き込まれる。

そしてそのまま、何度も口唇を…重ねる。

中原の家の庭には、色んな花が植えられていた。まるで雪下家の庭を模倣《もほう》するかのように。けれど残念なことに、蕾を膨らませていた藤は、雨の重さに枝を折られ、枯れてしまっていた。

寂しそうに見つめていれば中原に『大丈夫ですよ』、そう言われた。

あれはどんな意味だったのか。

満開になった花を、見せてくれるとでも言うのか…。

咲き誇る藤の花、まだ自分が雪下家にいた頃、降り積もった花弁に足を取られ、中原に抱きとめられたことがあった。

あの時も『大丈夫ですか？』そう言われた。

胸がなぜかきゅ…っと痛んだような気がした。

『大丈夫ですよ』

いつも、中原は自分にそう言うような気がした。

雪下家が借金をこしらえた時も、『私がなんとかしますから』そう言った。

そして本当に金を作ってきた。

「なんで…」

山道をおぶって帰った時も、…いつも。

ふいに、母屋がざわめいた。

数人分の足音は真っ直ぐに離れへと向ってくる。

離れに、客が訪れることはない。

中原と、その部下だろうか。

いつもどおり、中原がやってきたのだと、梓は疑わなかった。

「これは、これは…」

座敷に座って待つ梓を、恰幅《かっぷく》のいい中年の男性が見下ろす。

見覚えのない顔だった。

背後には、付き従うように中原の姿も見える。

(誰…？)

「ほう…これはずい分と美しい」

その言い方に、梓の肌がざわめく。同じことを中原に言われた時は、そんな思いはしなかったというのに。

下卑《げび》た視線が、梓の上を這う。

鳥肌が立つような思いがした。いやらしい言い方に、背筋を悪寒が走る。

「彼は病み上がりですから」

苦々しい表情で、中原が言った。

「あまり無理をさせたくはないんですが」

中原は畏まった態度で、中年の男性に答える。嫌々ながら、といった気配が窺えた。

「そう渋るな」

男性は鷹揚《おうよう》に答えた。

彼が頭が上がらない相手、頼まれれば断れない相手は、一人しかいない。

「誰だか分からない様子だな。わしは木田組を取りまとめている」

（…っ⁉）

それでは、目の前のこの男性は、組長…ということになる。

「この色艶、ずい分と中原に可愛がられているようだの」

「…っ⁉」

不躾《ぶしつけ》な視線が、梓の肌の上を這う。

舐めるように。中年の男の口唇を、舌がいやらしげに潤す。

「見回りのついでだと思って寄ってみたが、これほどとは」

「組長、もう充分では？」

いなすように、中原が声を掛ける。木田の気紛《きまぐ》れはこれが初めてではないらしい。

「この中原に仕込まれた身体だ。さぞやいいものなんだろう」

「組長⁉」

「わしが知らないとでも思っていたか？　お前が美しいのを囲っているということは、評判になっている。大事に囲って他に見せないようにしていたようだが」

中原が眉をひそめた。

「中原」

「は…ッ」

「お前もわしに忠誠を誓ったのなら、彼をわしに貸せ」

「…っ⁉」

血の気が引くのが分かった。

「今宵《こよい》、一晩。また来る」

言い置くと、木田は入ってきた時と同様、鷹揚に外に出て行く。

中原は木田の後をついていった。


先ほどの言葉が、頭を回っている。

『今宵、一晩、わしに貸せ』

自分を、抱きに。

自分がそういう対象として、組長の目に止まるとは思わなかった。

下卑た表情を思い出すたび、背が戦慄く。

気色の悪さに吐きそうになった。

背後で、障子が開いた。

「…中原…」

「…梓さま」

中原が青ざめた表情で立っていた。

「どうした?　組長についていかないでいいのか?」

入り口まで見送った後、すぐに戻ってきたらしい。

「他の組員がついていってますから」

組長への忠誠は、何よりも大切だと思うのに。

「その…先ほどのことは」

中原が言いにくそうに口を開く。

分かっている。

梓はすべてを諦めた表情で、中庭を眺めた。

「別に、いい。分かってるから」

彼が逆らえる相手ではないのだ。

「…どうか、今夜まで、…待ってください」

いつかと同じ言葉を、中原は告げる。

「心配なさらずに。あなたを他の男になんて、抱かせたりはしませんから」

中原の腕が梓に回る。

きつく、抱き締める——。

「どうか、早まった真似はしないでください」

「早まった真似？　何をするというんだ？」

かんざしを手に取った時、中原は本気で梓を心配していたようだった。

「ですが…」

「組長に逆らえるわけがないだろう？」

中原のせいで、木田に目をつけられたのだ。

『他の男になんて、抱かせたりはしない』

そう言って、中原は自分を抱く。

狂おしいほどに。いつも。

激しく。

「なんでお前に、心配されなければならないんだ？」

遊郭でも、他の男に抱かれてもいいと言えば、無理やりどんなことか、身体に思い知らせたくせに。

「お前が仕込んだから、組長だって、僕に興味を持ったんだろう？」

なのにどうして、こんなふうに抱き締めたりするのか。

覚悟を決めたような激しさで。

…中原のせいで。

囲われ者としての色に染められたのだと思えば、悔しい。

不安と、自棄《やけ》と、最後の…反抗心がもたげ、堪えることができなくなる。

先ほどの木田の下卑た視線、あんな男に抱かれるのかと思えば、本当は怖くてたまらない。

これからも中原のそばにいる限り、似たようなことはあるだろう。暗い絶望が胸をひしめき、梓を苦しくさせる。

「さっさと用意しろよ」

「なんです？」

「木田の元に行く」

きっぱりと梓は告げると立ち上がる。

中原への抗議や意地よりも、胸に広がる不安と絶望が、梓を突き動かしていた。

「待つのは性に合わない。どうせなら、こっちから行ってやる。どうせ相手が変わるだけだ」

言うなり、梓は廊下へ出ると、母屋のほうへと歩き出す。

「待ってください…！」

慌てたように中原が追いかけてくると、梓を引き止める。

「行かせませんよ」

「中原？　なんで行かせないなんて言うんだ？　お前には関係ないだろう？　お前だって組長には逆らえない。僕が組長の元に行くほうが都合がいいくせに」

どうしても木田の元に行こうとすれば、中原は暗い瞳をしながら、梓の手首を掴んだ。

「絶対にあなたのことは、…行かせませんよ」

腰紐を引き抜かれ、両手を背後で縛りつけられ、梓は体躯を強張らせた。

どうあっても組長の元に行くと放言した梓を、連れて行ったのは離れの裏にある小さな建物だった。

土蔵《どぞう》だと思っていたそこには、格子の嵌《はま》った部屋があった。

（座敷牢…？）

中原の屋敷に連れてこられた時、逃げ出せば閉じ込めることになると、中原は言っていた。

まさかそれが本当にあるものだとは、思わなかったのだ。

「やめろ…これは…！」

「縛らなければ、組長の元に行くんでしょう？」

中原は格子を開けると中に梓を引き込む。薄暗い場所だった。湿った空気にすえた臭いがする。中原が後ろ手に格子を閉めた。

「ここから、出せ…！」

入り口に立ち塞がったままの中原に向かって叫ぶ。

「絶対に出しませんよ。絶対に、ね」

中原は牢の中で梓を押し倒す。

「やめ…ッ！」

ささくれた畳の上で、梓の滑らかな肌がこすれる。中原は引き抜いた腰紐《こしひも》を梓の胸に回し、縛り付けた。

もがいたせいで、梓の着物は乱れきっている。暴れるほどに腰紐が胸の尖りを擦り、淫靡な感覚を与えた。

「逃がさない。あなたは…絶対に」

裾を割られ、荒々しく大きな掌が梓の肌をまさぐる。

陰茎を握られれば、腹の底から快楽が込み上げ、秘められた奥がズクン、と疼いた。

愛撫を施されれば、すぐに後孔が収縮して、突き入れられるのを待ちわびてしまう。

中原は早急に準備を施すように、小瓶を取り出し、何かを指に塗りつけて、裾から秘孔に突き入れた。

「あ、あ！」

掻き混ぜられれば、媚肉はすぐに熱くなる。

病み上がり、そう言った通り、暫くの間中原を受け入れていない。

突き入れられて得られる深い快楽、それを徹底的に覚え込まされた身体は、指だけでは次第に物足りなくなる。

内壁は指をぎゅ、…っと締めつけてしまう動きをみせた。

ぐちゅ…っ、ぐちゅ…っと音を立てて、しゃぶっている。

どうして、組長の元に行くと言ったことで、こんな責め苦を受けなければならないのか。

自分が組長の元に行くことは、中原にとってもいいはずなのに。

「あ、…」

指は窄まりを押し広げ、内壁が柔らかくほぐれたのを確かめてから引き抜かれた。

指だけでは…達けない。中原がいなければ、もうこの身体の疼きを止めることができない。彼がいなければ、毎晩身体の疼きに耐えかねて、たまらなくなる。

欲しくてたまらないと思わされた頃、中原は梓を貫いた。

先ほどから、中原は口数も少なく、ただ行為だけを進めていく。

そんな中原の様子が、恐ろしい。

「あ、ああ…！」

腰紐で背後で両手首を括られ、うつ伏せにされ、腰を中原に高く突き上げた姿勢で貫かれる。

「あ、ああ…っ」

突き入れられるたびに、淫らな水音が響く。

激しすぎて、肩が床に擦れてしまいそうだった。

「あ…っ！」

放出を最奥で受け止める。

熱い。火傷してしまいそうだった。

肉壁は収縮し、吐精を打ちつけられる快楽に打ち震える。

男の精を放出されて感じる自分の身体が厭《いと》わしい。

中原の責めはそれだけでは済まなかった。

「な…っ、や…っ」

今度は正面から貫かれた。

手首が体重を受けて食い込む。擦れて痛みに顔を歪めれば、横たわった中原の上に乗せられる。

「ひ、っ…あ、や…っ」

座敷牢に、繋がっているのを知らせる淫らな接合音と、嬌声、…淫靡な音だけが響く…。

中原の腰に跨ったまま、突き上げに合わせて何度も背をしならせる。

咽喉を仰け反らせながら、与えられる快楽の深さと、執着めいた仕打ちに耐える。

(…どうして)

眦に涙を浮かべれば、あやすように口づけられる。

でもその口唇は、…違う。

ついこの間、柿の蜜を舐め取るように重ねられた時。その時の口づけにはまるで、気分が高揚するかのような気持ちを覚えた。

自分の前から姿を消していた時間、その間に何があったのか、自分の知らない中原を知りたいと思ってから、まだそれほど時間は経っていないのに。

「あなたは…絶対に渡さない…」

突き上げながらずっと口を開かなかった中原が、やっと口を開いた時、そう呟いたような気がした。


昼間、木田は離れに訪れた。『今宵』そう言い残して。

そして、今は日も沈み、座敷牢に差すのは月の光に姿を変えている。

その日一日、梓は座敷牢に繋がれたままだった。

(なんでこんな真似を…)

素直に自分を引き渡せばいいのに。

中原には、組長に自分を引き渡す意志はないということなのだろうか。

拘束《こうそく》は解かれている。

薄暗い場所に座ったままでいれば、カタン…と音がして、座敷牢の外の錠《じょう》が外れる音がした。

中原が、組長の使いとして迎えに来たのだろうか。

そう思ったが、見れば外に立っていたのは、意外な人物だった。

「南…？」

中原に心酔したようにそばにいる男だ。

「やはり、…ここでしたか」

気の毒そうに南が言った。

「お時間になっても、姿が見えないと、組長の使いが慌てて探していたから」

「探して？」

それでは、中原は組長に逆らって…？

「おかわいそうに。こんなところに閉じ込められて」

南の手には、鍵が握られていた。

「木田に言われてきたのか？」

「違います。私は…ただ、若頭のためを思って、ここに来ただけです」

木田の心証を悪くすると、中原の立場も、そして命も危ないのだと、南は言った。

「逆らうことは得策ではありません。若頭のためを思えば、あなたを連れて行かなければならないんです」

（そう…）

「行きますか？　でしたら、この鍵を開けます」

閉じ込められていた自分を助けてくれる立場、その代わり自分に与えられたのは、新しい拘束だった。

「…行きます」

諦めたように梓は言った。

組長に逆らうことは、できない。

中原から逃げたいと思ったのではなく、仕方が、ないから…。

けれど、こんな座敷牢に閉じ込められていてなお、そこから…中原から逃げるのだと思えば、なぜか胸が痛んだ。

『早まった真似はしないで』

そう言った時の中原は本気で心配そうだったから。

昔の表情に重なる。

『明日まで、待ってください』

そう言って、本当に金を作って持ってきた。

今でも、どうやって金を作って来たのかは分からないけれど。

あの金のお陰で、自分は結果的に、助かったのだ。

中原のお陰で助かったなんて、認めたくはなかったけれど。

自分が行かなければ、中原は制裁を受けるかもしれない。制裁、ならず者の与える制裁の酷さを思えば、背が戦慄く。

中原を、そんな酷い目に合わせたくはなかった。

南が自分を呼びに来るとは、よほどのことだろう。

そう思えば、このまま、座敷牢にはいられない。自分だけが無事に、ここで過ごすなんて。

なぜ、中原が苦しい目に合うのを見たくないのか…。

彼に借りを作りたくないというのとは、今度は違う気がする。

『心配なさらずに』

いつも中原は梓を気遣う言葉を向ける。

今度は、中原は間に合わなかった…。

中原は来なかった。

梓を閉じ込めたまま、戻ってはこない。

一体今頃どうしているのかと思えば、『あなたのことは、行かせませんよ』、そう告げた時の覚悟を決めたような瞳が重なる。

組長に逆らうような真似をするなんて。

その覚悟を決めたような瞳が、梓を深い不安に陥れる。

「組長の元にお連れします。どうかこちらへ」

「はい」

鍵が開けられる。南の手引きによって、梓は牢を抜け出した。


「よう、来たの」

行灯の光、部屋で梓は木田が来るのを待った。

木田が梓を呼び寄せた意図は、部下たちは知っているのか、すぐに奥の座敷に通され、梓は着物を脱がされた。真新しい白の襦袢姿に調えさせられ、木田が来るのを待つ。

梓の姿を見つけると、上機嫌な様子で、木田が室内へと入り込む。

「これは…やはり、美しいの」

顎に手が掛かる。

「これほどまでに美しいのに会ったのは初めてだ。なのに中原は独占していたなんて」

嫉妬を滲ませながら、組長が言う。

艶やかな肌、黒曜石《こくようせき》のような瞳、花の果実のような口唇…そして、藤の花のような色香…。まるで藤の化身のようだと、木田が梓を評する。

木田が梓の身体を引き寄せると、身体の下に組み敷いた。

「あ…」

鳥肌が立つ。

これから、自分は中原以外の男に抱かれる…。

それも、中原のせいだ。

中原のせいで木田に目をつけられて。

そんな立場に貶めた中原に思うのは、怒りなのか、それとも、悲しみなのかは分らない。

身体を硬直させながら、梓はぎゅ、と目をつぶる。

悔しいと思いながらも、『今夜まで、待ってください』、そう言った中原の言葉が頭を離れない。

だから、…憎みきれない。

金で買われても、家が斜陽になって他の友人がいなくなっても、変わらず『梓さま』、そう言って自分に向う男のことが。

木田はしげしげと梓の身体を見やると、感嘆を口にのせる。

「あの若頭が若い頃、命を買ってくれ、といった理由は、お前だったのか。さすがに命を掛けるだけのことはある。充分お前にはその価値があるな」

「え…?」

感嘆に混ざる意外な言葉に、梓は不審気に吐息を洩らした。

木田にとっては何気ない一言だったのかもしれない。

けれど、梓には一番訊ねたい部分だった。

「どういうことです?」

命を買ってくれ…?

「聞かされてはいないのか?」

驚いたように、木田は言った。

「あいつは、お前のためにうちの組に入ったというのに」

「っ!?」

何を…。

梓は目を見開く。

中原が裏の世界に身を投じたのは、自分のせいだと…？

「どうやら、本当に知らないようだの」

さも面白いものを見る目つきで、梓の白い顔を木田が見下ろす。

「まあ、もし知っていたら、こうして自らここに来たりはしないか」

愉しそうに、木田の咽喉がくっくっと音を立てた。

ゆっくりと、これから存分に楽しむかのように梓の腰紐が引き抜かれる。着物が乱れれば、手首にある紅い痕が露わになる。

「この紐の痕、どうやらあいつはただ囲うだけじゃない真似を、お前にしていたらしいな。侯爵の子息でありながら、慰《なぐさ》み者になる、それをお前は受け入れてはいなかったのか？抵抗するお前をわざわざ縛り付けてまで、抱いていたとは」

梓の表情が強張る。

「…これは面白い。あいつが命を賭けてまで守ったのに、かわいそうなことだ」

中原に対する同情を向けながら、下卑た瞳が意地悪く光った。

「どういう…ことです？」

「そう急《せ》かすな」

問いばかりを続ける梓に、のんびりと木田が返す。

「今はこうしてうちの組も勢力を伸ばしているが、以前は抗争に巻き込まれることが多くての。他の組と小競り合いをしていたことが多かったもんだ。なかでも一番大きな抗争では、わしの命も危ない時があったんだ。相手の組を潰すのに、先頭を切って切り込む人間を探していた。もちろん、一番危険なところだ。命が危ないと分かっていて、切り込むような男気のあるような人間はいない。ほとほと困って、先陣を切って戦いに行く人間を探していた時だ。中原がやってきたのは」

木田の掌が、梓の脇腹をまさぐる。

「命を買ってくれと、言いおった。あやつは」

腰紐が、引き抜かれる。

「いまどき珍しい言い方だった。金と引き換えに命を差し出すなど」

いい目つきをしていたと、木田は言う。

「訊ねれば、命を賭けてまで守りたい人がいるからだと、あいつは言った。それがお前のことだとは、当時は気付かなかったが…」

命を賭けてまで、守りたい人がいる?

それは、自分じゃない。

自分にそんな価値はない。

だったら、どうしてあんな酷いことを、自分に？　でも。

柿を取りに行った山の中、探しに来てくれた中原の脚は傷だらけだった。

小林と音楽会に行った後、中原の上着はずぶ濡れだった。なのに、自分が購入を命じた文具は、ちっとも濡れていなかった。

小林に身を売る、と言った後、本気で怒っていたようだった中原。

命を売ってまで用意した金を、最初は何の代償も要求せずに渡そうとしていた。

でも、自分が挑発したから。

だから、…自分を抱いた。

「そこまで想う相手の名を聞きだせば、最期だと思ったのか奴は言いおった。梓、とな」

「っ!?」

「そう告げた時の奴はいい目つきをしていたぞ。誰よりも真剣でまっ直ぐな瞳をしていた」

まさか。

（まさか…）

一瞬、動けなくなる程の衝撃が、全身に走った。

…命を賭けてまで守りたい人がいる。その人の名は…梓。そう中原は言ったのだと…。

「梓、そう聞いた時、わしは恋人かと思った。だが、主人であるお前のことだったんだな」

木田が梓の顎を掴み、強い眼光で見下ろす。

「あの中原が、命の値段だと言ったのが、お前か…」

「そんな…」

梓は言葉を失う。

金を作ったのは、中原が自分の命を賭けたから。

その代金だったなんて。

梓はやっと知る。

本当は中原が自分のために、命を賭けていたことを。

梓を救った金は、中原の命の値段だったことを。

胸が震える。

目頭が、熱い。

中原はずっと。

…こんな自分に、命を賭けて。

最初から、大切にされていた。

自分を、自分だけを見てくれていた。

「どうした？　いまさらだろう…？　自ら望んでここにやってきたのに」

覚悟はとっくに決めたはずだった。

けれど、襦袢をはだけられた時、頬を冷たいものが伝った。

「…なぜ、泣く？」

木田が困惑したように訊ねる。

指摘されて、梓は涙を零していることに気付いた。

誰に抱かれても同じだ。

そう思ったのに。

涙が後から後から溢れてくる。

「あの男はお前を囲っておったんだろう？　慣れてるくせに。誰に抱かれても同じではないか」

違う。

『あなたは、俺が囲ったんです』

自分でそう言ったくせに。

酷い真似をしたのに、…優しかった。

そう、優しかったのだ。

「あいつが嫌いだからここに来たと思ったのに」

彼が組に制裁を受けるのが、嫌だったのだ。

自分のせいで傷つくと思えば、たまらなくなった。

だから、来たのだ。そんな気持ちが生じたことを、認めたくはなかったけれど。

こんな時に気付くなんて。

でも、中原は？

彼のことが分からない。

金を差し出す時、彼は自分に『今までお世話になりましたから、その礼です』、そう言っていた…。

主従や恩義《おんぎ》、自分に向けるのはそういうものなのだろうか。

それが、大切にしたい人、の意味なのだろうか…？

「身を投げ出すほど、中原が好きか？　お互いをこれほどに思いやっているのに、他の男に抱かれるとは中原もさぞ、悔しかろうの」

好き？

やっと気付く。

他の男に抱かれてもいいなんて、思ってはいない。

そう告げることはできなかったけれど。

中原に触れられるのは、最初から嫌じゃなかった。

『僕を売りたいなら、他人に売ってもいい』

違う。昔から。

本当に告げたいのは、そんな言葉ではなくて。

彼の存在を、ずっと意識していた。

気になるから。気になって仕方ないから、妖しく胸をざわめかせる彼のことしか、考えられなくなるのが怖かったから。

彼を対等な人間と思っていたから、敵わないと思い知らされるのが悔しかったのだ。

下男とか、身分で彼を馬鹿にしたことはなかった。

実力を持った彼のことは、競争相手として、対等な立場でいつも見ていた。

彼をずっと傷つけていた自分にできるせめてもの…。

本当は嫌だった。でももう引き返せない。

木田の掌が、梓の裾をまくった。

ふいに、外がざわめく。

「お前、なぜここに…っ!!」

木田は心から驚いたようだった。

「な…っ。中原っ!?」

木田が目を見開く。

中原の額からは血が滴り落ちている。

組み敷かれたまま、梓はその光景を呆然と見つめる。

「お前が、邪魔に入るだろうと思ったから、見張りをつけておいたが…。まさかそれらをすべてなぎ払ってきたのか?」

「組長。梓さまから手を離してください」

「お前、どうなると思っているのか!?」

「分かっています。それでも、離しなさい」

狂犬のような気配。

背後には、南も立っている。

「誰か…っ！」

木田が大声で部下を呼ぶ。

「誰も来ませんよ。すべて、なぎ倒してきましたから。ご安心ください。当身だけですから、いずれ目を覚ましますよ」

誰も呼びかけに現れず、中原の答えに青ざめる。

中原には刀傷がある。刃を向けられたというのに、その相手に素手《すで》で立ち向かったらしい。

「以前からあなたのわがままぶりに愛想《あいそう》を尽かしていた組員は多いんですよ。他の組員の大切なものを差し出させるというあなたのやり方にね。納得できないものも多いんですよ」

脇差を引き抜くと、中原はす…っと木田の鼻先に突きつける。

「あなたを殺してもいいが、それでは梓さまに迷惑が掛かる。ですが、あなた自身が引退すれば、それは回避できる」

「わ、分かった…」

みっともなく震えながら木田が梓から身体を離す。

度胸の据わっているのは、中原のほうだった。

「もうあなたは年を取りすぎた。ここで判を押して、引退してもらいましょうか？」

「く…っ」

悔しそうに唸《うな》るが、どうにもならない。

「兵隊をまとめるのに時間がかかって…。申し訳ありません」

そう言いながら、梓の手を引くと、追っ手が来る前に、中原は外へ出た。


手を引かれる。

昔、自分の手を引いた腕だ。

柿を取りに山に入った時、探しに来てくれた…腕。

花吹雪が舞う中、優しい瞳が自分を見つめる。

ひらり、ひらり。頰にひらりと一片、花びらが舞い落ちる——。

「ここは…」

中原は、梓を雪下家の屋敷へと連れて行った。

雪下家が斜陽になってから、梓が手を入れられずにいた庭を目の前にして、梓は驚く。

きちんと手入れがなされ、花が咲き誇っていた。

「花が咲いたら、ここを見せたかったんです」

優しい瞳で、中原が言った。いつか、縁側で中原の家の庭の藤が枯れた時、残念がった自分に『大丈夫』、そう言ったのは、このためだったのか。

「そんなことより、医者を…」

「大丈夫ですよ。すべて掠り傷です。それより、少しだけ疲れました。休んでいいですか?」

藤棚の下で、中原が膝を折る。出血はすべて止まり、既に塊になっている。血色も戻り、自分を抱き寄せる腕の力も強い。

「医者に行く前に、少しだけ」

甘えるような中原の態度は初めてだった。

コクリと頷くと、横たわる中原の頭を、梓は膝の上に乗せた。膝に頭を引き寄せれば、躊躇しながらも中原は甘えるように梓の膝に顔を乗せてくる。

もっと恥ずかしいこともさせたくせに。梓が優しい仕草を向ければ、こんなふうに嬉しそうな顔をしないで欲しい。

ここが、出会った場所。忘れかけていた中原の昔の姿を思い出す。

気恥ずかしそうに頬を染めて…。

甘える仕草に、中原が初めて、年下の男だと気付いた。

「…どうして、こんなこと…」

組長に逆らうなんて。

視界がぼやけた。

中原がそ…っと、本当にそっと。梓を驚かさないくらいゆっくりと、腕を差し伸べる。

大切に、…大切に。

「…梓さま、…泣かないでください」

頰に伝わる筋に沿って撫で下ろされ、梓はやっと、自分が泣いていることに気付いた。

「追いかけては来ませんから。あの人は。心配ありませんよ」

「そんなことは言っていない。お前が無茶な真似をするから…」

指の腹が、梓の頰を掠った。

「泣かないで…平気だから」

「泣いてなんかいない」

口をついて出るのは、そんな言葉ばかりで。

けれど、そんな梓を包み込むように優しく、中原は笑った。いつも中原は自分を甘やかそうとする。

「俺、奉公に上がるの、嫌でしょうがなかったんですよ。でも、ここであなたを見て…。

あなたのそばで働けるならいいかと、思いました…」

　あなたは綺麗で…美しくてたまらなかった。

「ここで、あなたに出会ったんです」

　そんなのは遠い昔のことだ。

　懐かしげな光が、中原の双眸《そうぼう》に宿る。

「初めて会った日の夜、俺の元に新しい着物が届きました。綿の入った暖かいもので。南も、故郷が恋しくて泣いた時、あなたは女中に指示して、信州の菓子を取り寄せたと聞きました。でもあなたは、そんなことは決して使用人の前では口にしたりしなかった」

　ふ…っと中原は口元を綻ばせた。

「両親に口減らしのために働きに出されて。両親に売られたのを知って、子供ながらに、もう死んでもいいかとも思いました。でもあなたみたいな人がいるのなら…生きるのもいいかと、思い直したんです」

　自分の存在が、そんなにも強く、中原に影響を与えていたなんて。

　一生を左右するほどに。中原の生きる意欲の核になるほどに。

「小林に連れられて音楽会に行った後、たまたまそこにいた人から、あなたがずっと、早く帰りたそうにしていたと、聞きました。下男との約束であっても、きちんと守ろうとしていた。書生に引き立てられた時も、あなたは俺を好敵手のように見ていながら、足を引っ張るような真似は決してしなかった。下男のままでいいと、お父上に言うこともできたのに、優秀だからと、認めてくれました。俺が書生になれたのは、あなたのお陰ですよ」

優秀だからといって、人の足を引っ張るような真似は絶対にできない。公正に、自分の力で勝ちたいと思っていた。それをそばで一番敏感に感じていたのは、自分だと中原は言う。

「あなたは公平だった。正々堂々と努力してご自身を高めようとなさっていた。だから苦しんでいた。人の成功を認めることができるのは、あなたが真に思いやりが深く、優しい人だからですよ。あなたは俺と比較して、自信をなくす必要なんてないんですよ」

梓のかたくなな態度の理由《わけ》を、苦悩を、軽減するように中原が言う。

人と比較して自分に自信をなくす必要なんてない。

自分という存在は、この世にたった一つなのだから。

「子供の頃、あなたが山に入って迷われた時も、旦那様はあなたをお叱りになられたけれど、…本当は旦那様をただ、喜ばせたかったたんでしょう?」

梓ははっとなる。

「思いやりが裏目に出て誤解されても言い訳せず、一人悲しんでいるあなたが…いとおしかった。理解してもらえなくてもその人を憎まない、傷つけようとはしない人です、あなたは。それを、俺は分かっています。陰で努力していたことも、誤解を受け易いその性質も何もかも」

…俺に受け止めさせてくれませんか？　そう、中原が続ける。

他の誰にもない、梓自身の良さを、中原は認めてくれる。

中原だけが気付いてくれていた。

「やくざに身売りした時も、最後にあなたがそれでも…身体だけでも与えてくれたから。もう充分でした。本当は死ににいくつもりだったんです」

自分の身体を組み伏せた時の思いつめた瞳。

死ぬほどの覚悟で、自分を抱いたのか…。

「でも、やぶれかぶれの時ってそういうもんなんですね」

思い出したのか決意を宿した双眸がふ…っと、いきなり和んだ。

「死に物狂いのせいで、皆、俺を避けて通るんですよ。お陰で勝つことができました。それで、組で出世したんです」

もう梓に許されないのだから、捨てるものなど何もないのだからと、中原は言った。

「そうしたら、今度は欲が出るんですね。生き延びられたら、あなたにもう一度、…会いたくなった」

ドキリ、と梓の胸が鳴った。

「何度会いに行ったか分かりませんよ。一度でも抱いてしまったら、あなたの身体が忘れられなくなった。あなたが俺の肌に零した吐息も、何もかもが、離れるほどに鮮やかに蘇って。本当はもう一度、すぐにでも抱きたくてたまらなかった。でも、できなかった」

会いに来ていた…？　そんなのは自分は知らない。

「いつもあなたに気付かれないように、裏口からこっそりと、様子を窺ってました。働いて、働いて、やっと金を手に入れられるようになって…戻ってきたんです」

それまで必死で我慢して。

無理やり抱くことだってできたのに、そうはしなかった。

「あなたが無事な姿を…あなたの綺麗な姿を遠くから、見つめるだけで…よかったんです」

昔から、…ずっと。

侯爵家に奉公に上がった時から。

遠くから見つめるだけでいい…なんて。

（そんな……）

そのために、命を…売って。

「本当は、無理やり抱くつもりはなかったんです。でも、あなたが、借りを作りたくないと言うから。ずっと想い続けてきたあなたが、身体だけでも与えてくれると、言うから。堪えきれなくなった…」

命を賭けるほどに思いつめていた相手が、身を投げ出してきて、理性は奪われた。

遠くから見つめるだけでよかった、その言葉は嘘ではないと思う。

約束を破り勝手な真似をして音楽会に出かけ姿をくらませば、梓を探しにやってきた。

そのために風邪をこじらせてまで。

大きな姿をしていても、他の奉公人とはいさかいはしなかった。

それはきっと、自分が誰よりも強いのを、知っていたから。

本気になれば、誰よりも強いから。

強さをひけらかすのは、弱い者がやることだ。本当に強い者は、決して自らを強く見せようとしたりはしない。そして人を気遣い己よりも人の幸せを優先させる懐の深さを持っていて。自分に自信があるからこそ、梓のことも羨んだりせず思いやりの深さを向けてくれていた。

いつも謙虚《けんきょ》で、大人しくて、…穏やかで。

だから、誰よりも気になっていた…。

「僕のために命を売ったりなんか、するな」

自分に、そんな価値なんかない。中原が、命を掛けるほどの。けれど。

「いいえ」

中原は静かに首を振った。

「あなたの役に立つためなら、惜しくはありません。あなたを救うために差し出した命なんですから。それが俺の誇りでした」

生きていくための支え、自分が自分らしくあるための、誇り。

恵まれた環境に生きているように見えて、梓が得られなかったものだ。

どんなに貧しくても誇りを持っていられる生き方、そんな生き方ができる人間を、羨ましく思っていた…。

生きがいを、自分はたった九つで見つけたのだと、中原は言う。

初めて、優しい瞳が、自分を見つめる。

初めて、中原が奉公に上がった時の。

昔の…。

その瞳を、頑ななものにしたのは、梓のせいだ。

気付かなかっただけで、誰よりも…幸せだった頃の。

中原に、守られていた頃の。

誰よりも大切にされていたのに、自分だけが気付かなかった。

「でも、再会した時、あなたは俺を許してはくれなかった。分かってましたけど、つらかったですよ」

やっと、梓に会えるように、梓の目の前に立てるような男になったのに。

努力したのはすべて、梓に相応しくなるための…。

期待しても、いいのだろうか。

(どうして…そこまで僕を?)

浮かぶ疑問を口に出して告げるのをためらえば、口ごもる梓の気持ちを見透かしたように優しく、中原が微笑む。

そして甘やかすように中原が言った。

「あなたが、ずっと好きでしたよ」

(…っ!)

優しい瞳のまま、中原が告げる。

「本気で…?」

「信じられませんか?」

「あんなに、酷い真似をしたのに？」

思い出せば、羞恥に目が眩みそうになる。

中原の変わりように驚かされ、何度も胸を痛めた。

「俺はあなたに命を捧《ささ》げたんですよ。あなたには確かに酷い真似をしましたが…」

もしかしたら、自分のほうがずっと、中原を傷つけていたのかもしれない。

「俺は人生をすべて、あなたに捧げたんです。あなたを買った、って言いましたけど、俺こそ、あなたのために命を売ったんです」

『命を売ったんです』

その言葉の重い意味に、胸が鳴った。

真っ直ぐな瞳が、梓を見つめる。

「…お願いです。どうかこれからは…俺のそばに、いてください…。金で縛りつけなければあなたが俺のものにならないんなら、金を用意するしか、ないじゃないですか…！」

それもすべて、自分が言ったせいだ。

どんなに無体な命令をしても、中原は自分に従った。

「だったら、もっと稼いで、僕を一生…金で縛りつけてみろ」

――一生、縛りつけてみろ

今の自分にできる、最大限の譲歩《じょうほ》だった。

けれどたったそれだけの言葉なのに、中原ははっと目を見開いた。

「…はい」

「僕より先に死んだら許さない…から…」

声が涙に詰まった。

「…はい」

素直に、中原は頷く。

「早く、怪我《けが》を治して…」

「はい」

何を言っても中原は、梓の言葉に頷く。

胸が、締めつけられそうになる。

「あなたも二度と、他の男に抱かれようなんて、思わないでください」

「…はい」

初めて梓は中原の言葉に素直に従った。中原が梓の反応に驚いたように息を呑む。

「組長の元に行ったのは」

梓は言った。

「組長に逆らえば、お前の身が危ないと思ったから」

「俺のために？」

告げられなかった言葉、伝えられなかった気持ちが、自分達の間にはまだ沢山あるような気がした。

「なのにこんなに怪我をさせて…」

傷の痛々しさに、梓が泣きそうに顔を歪めれば、中原が梓の気を軽くするように言った。

「すぐに治します。だから一つだけ、俺のお願いをきいてもらえませんか？」

「…何…？」

「同情でいいですから。あなたも、少しだけでも俺の期待する言葉を、言ってくれたら。怪我もすぐに治ると思うんですが…」

同情でいいと、中原が言う。

怪我人でいるうちに、ありったけ…甘えてみせる。梓の膝《ひざ》枕で。

どうせ頑丈なこの男のことだ、今だけだと彼も分かっているのだろう。

「うん…いいよ」

梓は頷く。

「お前が望む言葉を…何でも」

命がけの想いをぶつけてくる男に。

「お前が…望むなら」

きっと、中原が期待する言葉以上の想いを、梓は抱いている。

「だから早く治して。藤が満開のうちに」

声が涙に詰まる。

「本当に…？　梓さま」

中原の問いに、コクリと頷く。

意地っ張りな譲歩ではなく。

出会った場所で、今度は梓から告げるから。

「それだったら早く治さないといけませんね」

ふ…っと、笑う中原に、梓は初めて微笑む。

中原に向けた笑顔は、今までに誰にも向けたことのない、綺麗な笑顔だった。

眩しいものを見る目つきで、中原が梓を見上げた。


いつかの昔、舞い落ちる花びらの中で、中原は梓を抱き止めた。

体格の違う男の胸の中にすっぽりと、その身体は埋まった。
すぐに梓は中原の腕をすり抜け、凛と前を向く。もう、中原を振り返らない。
白磁のような肌に、紅い口唇…。
花曇の中、降り積もる藤の花弁よりも、その姿は美しかった。
その真っ直ぐな瞳に、憧れていた…。

今、その人は中原の腕の中にいる。
白い肌襦袢の梓の上に、鬱陶《うっとう》しくなるほどの藤の花が降る。
首を伸ばすと、中原は梓に口づける。
息が詰まるほどの花びらの中、息が止まりそうになるほどの、口づけ。

あとがき

皆様こんにちは、あすま理彩《りさい》です。このたびは「檻の中で愛が降る」を手にお取りくださいまして、ありがとうございます。

当作品のテーマは副題にもあるとおり、「命がけの恋」です。

その意味は…内容を読んでいただければお分かりになるかと思います。

私の好きな時代である大正浪漫、よりドラマティックに命がけの恋を描きたくてこの時代を選びました。

雪下《ゆきした》侯爵家の御曹司として生まれた受けの枠《あずさ》と、下男である攻めの中原《なかはら》、彼らに横たわるのはこの時代ならではの純然たる身分の差です。

私にしてはかなりエッチが過激かもしれません。それは攻めの中原が選んだ職業にもよります。ええ、彼はヤクザの若頭さんですから…。

座敷牢、緋襦袢《ひじゅばん》、吉原のお座敷、と豪奢《ごうしゃ》に淫靡《いんび》にお送りいたします。

侯爵家の御曹司でありながら、会社の抱えた負債のために、元下男であるヤクザの攻めに囲われ者に貶《おとし》められた受けの運命は…!? というわけで、自分でも驚くくらいエッチシーンが濃厚になってしまいました。

ですが、私の書くものですので、所詮甘々なのかな、とは思います（本当ですか?）（笑）

今回出てまいりました受けの雪下梓、一応、当作品は大正浪漫シリーズということで、前作「純粋な恋が降る」の主人公舞雪《まゆき》と、名前に韻を踏ませてみました。

その他にも、色々と仕掛けがあるのですが…。

とはいえ、今作は独立した作りになっておりますので、ご安心ください。

前回は軽井沢《かるいざわ》から出てきた受けを、奴隷にする伯爵の攻めでしたが、今回は逆に、軽井沢から出てきた攻めが、侯爵家の御曹司である受けを調教する、という趣向になっております。

純粋な恋、でした前作との違いにも、驚かれたかもしれません。ですが、今作も純粋な想いはより熱く、一層激しいと、私は思っています。

もちろん、私は中原さんが、愛しくてたまりません。攻めのほうに今回は愛情を込めて書いてしまったかも。

彼のある台詞を書いていた時、私は涙が出てきてしまいました。

思い入れの深い作品になっていると思います。

いつもどのキャラクターにも、たっぷりの愛情を込めています。

少しでも気に入ってくださるといいのですが。

今作の大正浪漫をご担当くださった小山田《おやまだ》あみ先生、大人っぽい雰囲気の彼らを、素晴らしく描いてくださいまして、本当にありがとうございます。

この時代ならではの淫靡さが、とても画面に表現されていて、うっとりしています。

そして担当様、いつもありがとうございます。担当様がいらっしゃるから、私は頑張ることが出来ますし、担当様にご恩返しがしたいから、その気持ちが作品を生み出す原動力になっているのです。

出版社の皆様にも心からお礼を。そして何より、応援してくださる読者の皆様、皆様がいるからこそ、私は作品をこうして世に送り出すことができるのです。

私にとっては皆様こそが、命がけの恋の相手かもしれません。

恐縮ですが簡単な宣伝をさせていただきますと、命がけの恋の相手…そんな人に巡り合えた別のカップル、プリンス・シリーズも、当作品刊行後、間もなくドラマＣＤになります。

感謝の気持ちが伝わりますように。

愛をこめて。

あすま理彩

檻《おり》の中《なか》で愛《あい》が降《ふ》る
～命《いのち》がけの恋《こい》～

プラチナ文庫をお買いあげいただき、ありがとうございます。
この作品を読んでのご意見・ご感想をお待ちしております。

★ファンレターの宛先★

〒112-0004　東京都文京区後楽 1-4-14
プランタン出版　プラチナ文庫編集部気付
あすま理彩先生係 / 小山田あみ先生係

★読者レビュー大募集★

各作品のご感想をホームページ「Pla-net」にて紹介しております。
メールはこちら→platinum-review@printemps.co.jp
プランタン出版HP http://www.printemps.co.jp

著者――**あすま理彩**（あすま りさい）
挿絵――**小山田あみ**（おやまだ あみ）
発行――**プランタン出版**
発売――**フランス書院**
〒112-0004　東京都文京区後楽 1-4-14
電話（代表）03-3818-2681
　　（編集）03-3818-3118
振替　00180-1-66771
印刷――誠宏印刷
製本――小泉製本

ISBN4-8296-2335-7 C0193

プラチナ文庫
Platinum Label

兄さんの嫌がる声に……
俺は欲情する

くちびるが感じてる

あすま理彩
イラスト／高宮 東

義兄弟となった桜良と健生の危うい均衡は、ある事件により完全に崩壊した——。「兄さんの身体で罪をあがなうんだ」義弟の淫靡な命令に、唇を噛み締め屈辱の奉仕をする桜良だが……。

強情なあんたを、
泣かせてみたい

恋と服従のシナリオ

あすま理彩
イラスト／樹 要

新しく上司としてやってきたのは、和紀を裏切った元部下の岩瀬だった。「俺には敵わないって認めなよ」脅迫のような囁きとともに、屈辱めいた身体の関係を結ばされた和紀は……!?

●好評発売中！●